FOLIO JUNIOR

Virginie Lou

Le miniaturiste

FOLIO JUNIOR/GALLIMARD JEUNESSE

Pour Claude et Jean-Daniel

Chapitre premier

Hier, on a tué mon chat. Lui et moi avons toujours eu des relations compliquées : il était comme la plupart de ses congénères capricieux et tyrannique, prenait possession de mon fauteuil, de mon lit, semait le désordre dans mes manuscrits, se couchait sur mon cahier quand j'écrivais, boudait la nourriture que je lui préparais mais me volait mes scones, à l'heure du thé.

Pourtant je l'aimais. Ou plutôt à cause de ces défauts, terribles à mes yeux mais dont je connais la puissance, je l'aimais. Il posait ses deux pattes sur mes paupières, les soirs où la lassitude me jetait au fond du divan, m'attendait assis derrière la porte lorsque je m'absentais. Il savait faire le pitre comme pas un, jouait les grands fauves pour m'amuser, progressait à travers mon bureau à la manière des panthères et bondissait sauvagement sur sa proie : mon pied.

Nous nous sommes fait des scènes, nous avons connu de longues nuits de tendresse, de pleines journées de jeux et de rigolade. J'appréciais sa grâce, son indépendance d'esprit même si son égoïsme me faisait parfois grincer les dents. Sa belle énergie de chat se révélait dans ses gestes les plus anodins : qu'il saute après les papillons ou se lèche la patte, la magnifique liberté de son corps rayonnait. Il est étendu raide dans la terre de mon jardin et, bien qu'il ne soit qu'une bête, je me console mal de sa disparition.

Si je vous parle de lui c'est que je connais l'identité de ses assassins : ce sont des enfants du village. Je ne vous raconterai pas comment ils ont accompli leur forfait, me contentant de vous dire qu'ils l'avaient attaché à une petite carriole et prétendaient le domestiquer. Je sais que vous n'êtes pas tous si méchants et que beaucoup d'entre vous ne supporteraient pas les détails de sa mort lente. Apprenez seulement que le crime était signé et croyez-moi sur parole.

Hier soir, après l'avoir porté en terre, la seule

question que je ne parvenais ni à chasser ni à résoudre était celle-ci : comment des êtres jeunes, gais (de ma fenêtre je les vois rire, chaque jour) ; comment des gamins charmants et bien nourris, vivant au chaud dans des maisons confortables, ont-ils pu s'abandonner à une telle cruauté ?

C'est alors que m'est revenue une histoire, la mienne, la nôtre, une histoire vieille de vingt-cinq ans maintenant et que, je m'en aperçois, j'avais réussi à effacer de ma mémoire bien que ma vie entière en ait été changée.

Nous étions des enfants pareils aux autres, pareils à vous, insouciants – qui aurait pu nous le reprocher ? Nos jeux étaient les mêmes que partout ailleurs : les garçons aimaient le foot, l'aviron, la bagarre ; les filles passaient le plus clair de leur temps à médire de ces stupides garçons, à faire les coquettes pour les séduire et à danser.

J'étais quant à moi un peu à part : trop empotée ou trop secrète pour appartenir au clan des filles, pas assez brutale pour celui des garçons. Mais personne ne se montrait désagréable à mon endroit : pas de réflexions sur ma corpulence, pas de « Salut ma grosse ! » lancé d'une voix joviale. On me fichait une paix royale faite de complète indifférence.

Le seul être qui s'intéressât vraiment à moi était Edmund. Cette tendre sympathie paraissait d'autant plus étonnante que, par ailleurs, Edmund ne s'intéressait à rien. Je pourrais même dire que la froideur était la caractéristique d'Edmund, qui traquait et supprimait toute trace d'originalité sur sa personne : coupe de cheveux sage, vêtements sages, visage lisse, parole rare et, le plus souvent, banale.

Toutefois il n'avait pas réussi à gommer son unique particularité : ses yeux. Non qu'ils fussent remarquablement grands ou bien dessinés, quoique d'une eau limpide, avec des cils noirs. Mais leur étrangeté venait surtout de leur éclat. Le bleu glacé des yeux d'Edmund se couvrait par instants de ces lueurs violettes et sulfureuses qu'on voit à la frange des nuages, les soirs d'orage.

Peut-être le contraste entre ce feu mortel et l'impassibilité d'Edmund était-il trop démesuré. Je dois l'avouer : parfois très fugitivement il m'inquiétait, et cette crainte sourde m'attachait à lui plus efficacement que n'importe quelle qualité. Mais sans doute n'aurais-je conservé de lui, au cours de ces années si nombreuses où nous avons été séparés, que le souvenir d'un garçon renfermé si le miniaturiste n'avait traversé nos existences avec la terrible nécessité des balles perdues.

Au début d'un automne, alors que nous venions de reprendre les cours au collège, Lei Tchang avait ouvert sa boutique rue Ambrosen, entre un restaurant qui dégageait une puanteur épouvantable et le pub qui faisait l'angle avec la place, Morpeth Terrace. J'étais passée plusieurs fois devant cette vitrine sans rien y voir qui m'attirât : modèles réduits de hors-bords, d'avions de ligne, de porte-avions, d'hélicoptères, d'avions de guerre, de sous-marins, de trains variés...

Bref, à mes yeux rien de palpitant. D'une manière générale, l'activité des miniaturistes me laissait perplexe. Je ne comprenais pas qu'on pût se passionner pour la reproduction de choses en petit alors qu'on pouvait les voir en grand, et contempler le modèle réduit d'un voilier m'emplissait de tristesse, comme de voir s'éloigner sur la Tamise ces bateaux que je rêvais de prendre pour m'en aller vers des horizons nouveaux, des continents ensoleillés.

Mais que le jour du départ tant espéré me semblait lointain ! Aurais-je même cette chance ? Je n'en étais pas sûre et le découragement, parfois, me gagnait. Il me semblait alors que la rambarde du pont à laquelle je m'appuyais se refermait autour de moi et que mes pieds lentement s'engluaient dans le goudron.

Il y avait aussi, dans la vitrine du miniaturiste, de nombreuses figurines représentant des soldats aux uniformes variés selon les pays, les époques ; des hommes en costume de ville, des femmes et des enfants de tout âge. Je ne leur avais accordé, je dois le dire, qu'un coup d'œil distrait. Je préférais regarder les gens vivants dans la rue.

Les adultes me semblaient un peuple étrange, doté d'une langue différente de la nôtre, guidé par des principes le plus souvent absurdes et contradictoires. Je m'appliquais à les observer, cherchant le secret de leurs bizarreries. Les hommes qui entraient et sortaient du pub de la rue Ambrosen m'attiraient : j'avais beau les examiner, le plaisir qu'ils éprouvaient à être ivres, les lèvres molles et tanguant sur leurs jambes, restait pour moi un mystère.

La boutique du miniaturiste fonctionnait depuis une bonne semaine quand un matin, à la récréation, Edmund m'a prise à part.

– Regarde ce que mon père m'a donné, a-t-il dit en plongeant la main dans sa poche.

– Tout ça ! Qu'est-ce que tu vas faire de cet argent ?

– Acheter un Phantom.

– Un fantôme, Edmund, tu te sens bien ?

Ses yeux ont aussitôt pris cet éclat menaçant dont j'ai déjà parlé, le bleu de l'iris traversé d'éclairs violacés. Je l'exaspérais visiblement, je lui gâchais son enthousiasme et il m'en voulait. Je n'aurais pas pensé pouvoir inspirer à mon glacial ami des émotions si fortes ; je ne l'aurais même pas cru capable de les éprouver. J'ai ajouté d'un ton apaisant :

– Excuse-moi, Edmund, mais je ne comprends absolument rien.

– Pas un fantôme, Alicia, un Phantom, le chasseur McDonnell Douglas, deux moteurs de General Electric, huit mille cinq cent trente-quatre mètres à la minute en vitesse ascensionnelle, équipé d'un canon de vingt millimètres, chargé de quatre missiles Sparrow et de quatre missiles Sidewinder.

– Mais qu'est-ce que tu vas faire de ça ?

– Ben... jouer avec, tiens.

– Ah ! C'est un jouet ?

– Gourde ! c'est un modèle réduit !

– Je n'aurais pas cru que tu puisses aimer les engins de guerre...

– Je te déçois ?

– Non, non... c'est sans doute un truc de garçon.

Nous n'avions pas entendu la cloche signalant la fin de la récréation. Courir un peu pour rattraper les autres m'a fait du bien. Très vite j'ai oublié le

Phantom pour ne me rappeler que ce frisson de plaisir qui m'avait parcourue en voyant mon ami soudain passionné. Peut-être avais-je, jusqu'à ce jour, pris pour de l'indifférence une maladive timidité ?

Toute la journée Edmund a été pour moi d'une gentillesse inhabituelle, me réservant une place à côté de lui au self, allant chercher mon manteau que j'avais oublié à l'étage. Une joie nouvelle et vivifiante, un de ces vents iodés du large me soulevait. Un rien m'amusait et, à table, quand j'avais raconté de vieilles blagues piquées dans un almanach, j'avais été heureuse de voir tout le monde, y compris Edmund, s'écrouler de rire.

Avant les activités sportives de l'après-midi, nous passions à la bibliothèque pour y faire nos devoirs ou bouquiner. Je peinais sur une carte de géographie – qu'on me demandât de reproduire stupidement un dessin qui se trouvait déjà dans notre manuel m'humiliait et augmentait ma maladresse.

– Passe-moi ton cahier, Alicia. Je vais te la faire.

– Merci… Edmund, merci… alors ça… vraiment gentil…

J'en bredouillais de stupeur. Edmund et moi nous nous étions toujours trouvés dans la même classe, depuis le jardin d'enfants : je ne l'avais jamais vu donner un coup de main à qui que ce soit. Mais comme de son côté il ne sollicitait l'aide de personne, j'en avais conclu que c'était sa manière à lui d'être seul.

– Ne t'applique pas trop. Sinon cette peau de vache va s'apercevoir que la carte n'est pas de moi. Elle est capable d'arracher la page et de m'obliger à la refaire cinq fois.

– Je vais essayer de faire mal.

Je ne pouvais m'empêcher de sourire en regardant mon ami peiner à imiter mes traits tremblotants. C'était encore, à mes yeux, un de ces mystères du monde des adultes : qu'ils acculent leurs enfants à la médiocrité. Mais j'étais surtout troublée par Edmund. Pourquoi était-il devenu soudain si attentif ? Je n'osais pas, je crois, penser qu'il était amoureux de moi. Je me contentais confusément de l'espérer.

A la sortie du dernier cours il a attendu que j'aie fini de ranger mon bazar dans mon sac. Je traînais toujours quatre ou cinq livres de bibliothèque et mon désordre naturel s'accommodait mal de cette charge supplémentaire.

– Tu ne rentres pas directement chez toi ? m'a demandé Edmund.

– Si. Enfin je n'y suis pas obligée. Mes parents reviennent tard.

– Tu m'accompagnes à la boutique ?

– Quelle boutique ?

– Enfin, Alicia, tu es idiote ou quoi ? La boutique du miniaturiste ! On va acheter le Phantom.

J'aurais préféré qu'Edmund me propose une balade dans le parc ou sur les bords du fleuve. Mais qu'aurais-je fait chez moi, seule, sinon traîner dans la maison déserte en attendant que passent les heures, dans cette pesanteur de *smog* saturé de fumées qui, ici à Londres, nous coupe le souffle ? J'ai accepté avec empressement. Qu'importait, d'ailleurs, qu'Edmund achète un avion de guerre ou quoi que ce soit d'autre ?

Nous sommes partis, très gais. Sur le pont enjambant la Tamise je me suis arrêtée, malgré ses protestations – il tremblait d'impatience. J'avais envie de lui faire partager mes rêves, à mon tour.

– Regarde les bateaux ! Est-ce qu'ils ne sont pas plus beaux en vrai qu'en miniature ?

– Non, a répondu fermement Edmund. D'une part ils ne sont pas plus beaux : ils sont identiques, au millimètre près. Et, en miniature, tu peux les tenir.

– Les tenir ?

– Dans la main. Oui, les tenir, a-t-il conclu en serrant ses paumes avec une vigueur proprement stupéfiante pour qui le connaissait, avant de m'entraîner par la manche le long de la Vauxhall Bridge Road qui rejoint Morpeth Terrace.

Des filaments de nuages couleur de suie s'accrochaient aux tours de la cathédrale de Westminster et, à l'extrémité d'un paratonnerre, brillait une étoile rouge singulièrement posée, comme celles qu'on place au sommet des sapins de Noël. J'ai voulu m'arrêter encore mais Edmund n'en pouvait plus.

– Allez, viens maintenant. Ça suffit ! Tu as assez lambiné !

Qu'est-ce que c'était, cette étoile ? un reflet du crépuscule ? un projecteur ? un avertissement ? Au-dessus du fleuve les nuages verdâtres se fendaient en sourires orangés où je croyais voir étinceler de mauvaises dents. J'ai couru avec Edmund jusqu'à la porte de la boutique qu'il a poussée sans même un regard pour la vitrine.

– Ne faites pas de bruit et surtout ne touchez à rien ! a glapi une voix.

Une ombre s'est détachée des casiers de bois noir qui couvraient le mur du fond et s'est avancée à menus pas. Devant les épaules voûtées, le visage parcheminé semblait suspendu, flottant. Un sourire l'éclairait d'une inquiétante lueur. Les yeux capturaient une proie plus qu'ils ne regardaient. Ils m'ont prise ainsi à leur aimant et je me suis immobilisée, l'esprit vide.

Pendant une longue minute personne n'a parlé. Dehors, les voitures qui passaient semblaient s'enfoncer dans une masse cotonneuse. Le petit homme avait perdu toute conscience du temps, du lieu, de son rôle dans cette boutique. J'ai enfin trouvé la force de me gratter la gorge.

C'est ainsi que j'ai fait la connaissance de Lei Tchang, le miniaturiste. D'une voix changée, chuchotante, il a ajouté :

– Bonsoir Edmund. Quelle jolie petite amie m'as-tu amenée là ! Comment s'appelle-t-elle ?

– Alicia.

– Ces joues roses et pleines, quelle merveille !

Le vieil homme s'est avancé pour presser ma main entre les siennes. Puis il a élevé un doigt et, avec une douceur que je ne connaissais pas, dont ma propre mère ne m'avait même pas laissé soupçonner l'existence, il l'a fait glisser le long de ma joue. Une rougeur m'a brusquement empourprée et un rire silencieux a secoué le miniaturiste. Mais il ne se moquait pas. Il riait de bonheur et il me semblait qu'à ses yeux le sang affleurant sous ma peau était un miracle.

Son regard m'enveloppait d'une brume laiteuse et tiède. On ne m'avait jamais dit que j'étais jolie. Personne ne m'avait contemplée de cette façon et c'était une impression vraiment étonnante. Il me semblait qu'il me caressait des pieds à la tête, des orteils à la pointe des cheveux dans tous les méandres du corps, tous les plis et que, au seul contact de ses doigts, une chaleur nouvelle battait dans mes veines et me soulevait.

Derrière le vieil homme, Edmund me souriait. Lui aussi m'observait avec tendresse et cette découverte a augmenté ma confusion. Nous nous sommes mis à rire, eux sans doute de mes joues cramoisies, moi de gêne et de plaisir.

Le vieil Asiatique s'est détourné pour demander à Edmund :

– Alors, c'est bien ce Phantom que tu veux ?

– Oui, a répondu Edmund sans hésiter.

– Tu es bien sûr ?

– Oui.

– Alors je vais te le vendre, a murmuré Lei Tchang à regret.

Ils se sont installés de part et d'autre du comptoir de bois qui longeait le mur, devant les casiers dont le miniaturiste a extrait de petites boîtes en carton avec des gestes graves. Je n'écoutais pas les explications patientes qu'il donnait à mon ami mais recueillais des mots, réacteurs, multirôle, plafond opérationnel… dont le sens m'échappait.

Dans la vitrine j'ai cherché le fameux Phantom. Il trônait sur une étagère de verre. Son prix – j'en ai oublié le montant, mais il représentait pour l'époque et pour nous, jeunes collégiens, une fortune – était inscrit sur une étiquette. Je n'avais pas compté les billets qu'Edmund avait tirés de sa poche à la récréation mais j'en étais sûre : il ne possédait pas cette somme-là.

Je suis revenue vers le fond du magasin, troublée par un pressentiment confus qui me prenait à la gorge. Depuis mon plus jeune âge des intuitions de cette sorte m'oppressaient, et comme il m'était arrivé souvent de deviner l'événement bien avant qu'il ne se produise j'avais pris l'habitude d'y prêter attention. Ma mère, portée à l'extravagance, prétendait que j'étais médium. Je ne croyais pas ni n'ai jamais cru à ces sornettes. J'étais simplement, me semble-t-il, une fillette sensible et l'idée qu'un faisceau d'impressions pût amener à une vérité ne m'effrayait pas.

Pourtant ce que je captais ce soir-là des paroles d'Edmund et du miniaturiste n'avait rien, en apparence, d'inquiétant : emport typique, nombre de

Mach... Des histoires de garçons. L'appréhension venait d'ailleurs, peut-être de l'ombre amassée dans les angles de cette boutique où fourmillait le monde, des hommes de toutes les époques avec leurs machines en réduction. Ou bien mon malaise était-il né lorsque j'avais croisé le regard d'Edmund ? Ses yeux, luisant dans la pénombre, étincelaient d'éclats rouges et rappelaient ceux des chiens, la nuit. Sa voix et celle de Lei Tchang résonnaient ensemble sans qu'on puisse les distinguer et ne faisaient qu'un seul chuchotement de torrent pressé et furieux, qui s'est brusquement interrompu.

Le vieil homme a contourné le comptoir pour s'approcher de moi.

– Reviendras-tu me voir, belle Alicia ?

– Oh ! oui.

– Alors à demain, mes amis.

Il nous a raccompagnés jusqu'à la porte. Edmund serrait contre sa poitrine le précieux paquet. Nous avons très vite repris le chemin du quartier où nous habitions, lui et moi, dans deux maisons voisines et rigoureusement identiques, à l'exception des bacs à fleurs ornant les fenêtres chez Edmund et de la couleur des portes : rouge chez moi et bleue chez lui.

Mon ami se taisait. Le montage de sa maquette le préoccupait-il au point qu'il en repassait déjà dans son esprit les différentes phases ? Vraiment, quelle étrange passion ! En chemin j'ai saisi l'occasion d'un arrêt au carrefour pour lui demander :

– Lei Tchang t'a fait une réduction colossale, non ?

– Pas une réduction, a-t-il répondu, énigmatique. Un troc.

Je n'ai pas eu le courage de lui poser la question qui me démangeait : qu'avait-il donné au miniaturiste, en échange ? Peut-être le savais-je déjà mais n'avais-je pas encore la force de le formuler. En me quittant au seuil de la maison, Edmund a posé ses mains sur mes épaules et m'a embrassée sur les joues.

Nous n'avions plus osé le faire depuis une certaine année, à l'école primaire, où brusquement les filles et les garçons avaient cessé de jouer ensemble. Les lèvres de mon ami brûlaient. Nous nous sommes regardés dans les yeux. Ceux d'Edmund luisaient encore du reflet des feux rougeoyants mais j'y lisais aussi une affection puissante ; des larmes retenues piquaient les miens. Il a murmuré :

– A demain, Alicia. Merci.

– Merci de quoi ?

– D'être venue avec moi. Je t'aime beaucoup.

Il s'est détourné très vite et a disparu. C'est à ce moment-là je crois, sur le trottoir, devant sa porte laquée de bleu et les géraniums couleur de griottes, que je me suis mise à aimer Edmund d'une passion sans mesure.

Elle dure encore aujourd'hui. Elle ne faiblit pas même en cet instant, quinze heures après la mort du chat étranglé par des doigts d'enfants, où je dois ressusciter nos plus tristes souvenirs pour écrire cette histoire.

En entrant chez moi, dans le couloir vide, je n'ai pas allumé la lumière. Je suis montée dans ma chambre et me suis avancée jusqu'à la fenêtre. J'imaginais Edmund dans la sienne, assemblant avec sa méticulosité coutumière les pièces de son avion chargé de missiles... Et pourquoi pas, après tout ? Lui, si indifférent à tout, s'était découvert une passion : quoi de plus réjouissant ? Et surtout, il m'aimait !

J'ai contemplé comme à l'habitude les passants dans la rue, leur dos courbé sous la bruine. Mais les mystères des adultes m'intéressaient moins, maintenant, que ceux qui entouraient Edmund : le secret de ses yeux étincelants dans le visage impassible ; l'énigme de son engouement soudain pour les modèles réduits ; les arrière-pensées de sa subite attention à mon égard.

Sans cesse mon esprit revenait tourner autour de

lui. Je me souvenais des précieuses secondes où nos regards s'étaient rejoints, quand il avait murmuré : « Je t'aime beaucoup. » Je voyais Edmund en cet instant aussi distinctement que si j'avais été à son côté, sous la lampe, avec les éléments du Phantom étalés sur son bureau, ceux qu'il assemblait entre ses doigts fins, le petit tube de colle, le papier à poncer...

– Pourquoi restes-tu dans le noir ? a demandé ma mère en ouvrant la porte.

Elle me posait la même question chaque soir et je ne lui répondais jamais. Mes explications forcément embrouillées l'auraient très vite indisposée. Elle m'aurait interrompue d'une remarque lapidaire, du genre « Quand feras-tu des phrases correctes ? » ou « C'est vraiment en anglais que tu me parles ? »

J'en aurais été blessée ; elle, exaspérée de me voir bouder. En restant chacune sur son quant-à-soi nous évitions les disputes. Je l'ai aidée à préparer le dîner, je chantonnais malgré moi. Rien n'entamait ma joie.

Nous avons mangé en écoutant les informations. D'habitude, dès qu'on ouvrait la bouche pour parler, mon père abattait un poing furieux sur la table. Il fallait écouter. A cette époque-là (rien n'a changé depuis, sauf les noms des pays concernés), il y avait des guerres partout, au Viêt-nam, en Corée, en

Afrique, dans les pays arabes ; la guérilla en Colombie ; des émeutes en Irlande. On ne parlait que de bombes et d'attentats, de napalm et de défoliants. On comptabilisait les morts, on détaillait les blessures...

Nous, on dînait. J'aurais aimé repousser mon assiette mais mon geste aurait provoqué des querelles sans fin. Alors je bâfrais au contraire le plus vite et le plus bruyamment possible. En mastiquant très fort j'arrivais à ne plus entendre la radio.

Pourtant ce soir-là, malgré les nouvelles immuablement atroces, je n'ai pas eu besoin de m'étourdir avec la nourriture. Un sourire réchauffait mes lèvres : Edmund y avait laissé sa marque, indélébile.

– Tu as l'air de bonne humeur, a remarqué ma mère en coulant vers moi un regard suspicieux. Tu as fait quelque chose de spécial ?

– Non, non. J'ai accompagné Edmund dans un magasin. Il a acheté un modèle réduit.

– Ah ! Edmund ! a-t-elle rétorqué avec un clin d'œil d'intelligence.

Je me suis empourprée si violemment qu'elle s'est mise à rire. Mon père a relevé un sourcil interrogateur.

– Quoi ? Qu'est-ce qui se passe ?

– Ta fille grandit.

– Pas trop vite, s'il te plaît.

Il bougonnait mais n'avait pas l'air fâché. Depuis longtemps nous n'avions pas connu de soirée si agréable. Il me semblait même qu'une nouvelle période s'ouvrait, que j'allais me sentir moins mal dans ma peau, que ma mère et moi nous retrouvions une complicité perdue. Je me mettais à croire au beau temps. Il ne s'agissait que d'une embellie : juste avant la tempête.

Chapitre deux

Le vent de folie qui devait nous emporter tous s'est levé dès le lendemain sur le collège. Edmund avait apporté le Phantom et tous les garçons, tous sans exception, se pressaient autour de lui. Il avait disparu, enfoui sous les mains aux doigts écartés qui s'élevaient par-dessus la masse sombre des corps comme si eux tous n'avaient fait qu'un monstre unique hérissé de tentacules fébriles. Edmund avait été gobé par cet étrange animal marin et se débattait au fond de son ventre, avec son Phantom sous le bras. J'étais seule.

Alors Lil a traversé la cour. Je l'ai bien vue arriver mais, jusqu'au dernier moment, j'ai cru qu'elle se dirigeait vers le gymnase. Qu'elle vienne à moi, pour moi, était proprement impensable. Lil si froide – je pensais alors si méprisante – se serait souciée de moi ? Lil si belle et dont le sourire éclairait dès qu'elle y pénétrait la triste salle de classe au point que les garçons cessaient leur chahut et se taisaient, cette même Lil aurait traversé la cour jusqu'à moi ? Je ne pouvais y croire. Pourtant, c'est bien à moi qu'elle s'est adressée.

– Dis, Alicia, tu y es allée, toi, à la boutique ?

– J'ai accompagné Edmund hier, quand il a acheté le Phantom.

– Tu as vu les figurines ?

– Les soldats ?

– Non, les autres. Tu sais, celles que le vieux a mises en vitrine, dans un square, avec les bancs, les balançoires, le sable et tout. Tu les as vues ?

– Je n'ai pas vraiment fait attention. Je n'avais même pas remarqué le square.

– Même pas l'enfant qui pousse la petite brouette ?

– Non Lil, désolée. J'ai accompagné Edmund mais je n'aime pas les miniatures.

– Ah bon ! s'est-elle exclamée d'un air stupéfait. Quelle drôle d'idée ! Elles sont pourtant tellement réussies, tellement vraies !

– Moi je préfère le vrai vrai au faux vrai.

– Il me semblait bien que tu étais bizarre.

Elle a éclaté de rire. A la voir, on ne pouvait que se sentir soulevé d'enthousiasme pour sa beauté, et presque incrédule : il était donc possible qu'un visage humain atteigne une telle perfection ? que naturellement les boucles des cheveux blonds retombent si délicatement dans le cou ? que naturellement les lèvres soient si roses, et ourlées, et humides ? que de son sourire émanent ces ondes impalpables de bonheur, ces radiations de joie ? Pourquoi elle si belle et moi si ordinaire ? Est-ce que ça n'était pas injuste ?

Elle m'a regardée avec sympathie avant de lâcher cette remarque sidérante :

– Tu as de la chance.

J'ai senti mes paupières s'écarquiller.

– Moi ?

– D'être intelligente. Tous les profs le disent. Ils n'arrêtent pas de te montrer en exemple. C'est pour ça que les autres ne t'aiment pas. Tu les énerves.

– Ah ?

– Mais c'est aussi pour ça que je voudrais te demander quelque chose... Tu pourrais m'accompagner à la boutique ?

– Décidément ! Toi aussi ? Mais pourquoi moi ?

– Le type dedans, tu sais, le Vietnamien, il me fiche la trouille. Il a une façon de regarder... Avec toi je n'aurai pas peur.

– C'est vrai qu'il examine les gens d'une manière un peu… impolie. Sans gêne. N'empêche, il est très gentil.

Je l'avais dit sans réfléchir. Brusquement, j'avais très envie d'emmener Lil à la boutique, de l'offrir au regard de Lei Tchang comme, me semblait-il, Edmund m'avait offerte. Mais tout cela restait encore nébuleux, je ne comprenais pas bien et, surtout, je ne savais pas pourquoi il m'était soudain nécessaire, vital, que Lil pénètre avec moi dans la boutique. Grâce à moi.

– Je t'accompagnerai un de ces jours, si tu veux.

– Merci, Alicia, merci ! Tu es vraiment une chic fille !

Lorsqu'elle a glissé son bras sous le mien pour monter les marches menant aux salles de cours, les autres nous ont regardées passer avec curiosité. Peut-être ont-ils cru que nous étions devenues amies.

Toute la journée – adoptant la même attitude qu'Edmund, la veille – elle s'est montrée charmante, attentionnée. Mais Edmund s'était toujours intéressé à moi et je pouvais lui pardonner de m'avoir échangé un peu de tendresse contre un service. A elle, non. D'ailleurs elle en faisait trop. Elle se tournait vers moi lorsqu'elle racontait à voix forte et en riant très fort des anecdotes de sa vie personnelle. Il n'était question que de cadeaux et du trouble qu'elle provoquait chez les hommes d'âge mûr – car malgré son jeune âge, treize ou quatorze ans, elle avait cette science des petites filles qui ont commencé très tôt à séduire. Sa sottise, sa complaisance pour des sentiments que je trouvais vulgaires et déplacés l'enlaidissaient.

Le soir, dès la fin des cours, elle s'est précipitée vers moi.

– On y va ?

– Où ?

– Mais à la boutique, Alicia !

Elle n'était pas seulement agacée de mon apparente distraction. Elle en était exaspérée et agressive.

– Alors on y va, oui ?

– Si tu veux.

En chemin elle a bavardé sans interruption, ne cessant de développer son sujet favori : elle. A mesure que je la découvrais une sourde exaspération montait en moi. Cette Lil était décidément bien déplaisante, sotte et prétentieuse.

– Mon père a beaucoup d'argent et il ne me refuse rien. Je m'assois sur ses genoux, je passe mes bras autour de son cou et je lui dis : « Mon petit papa, je veux telle chose… » Il craque tout de suite !

– Sans doute, mais les figurines sont hors de prix.

– Mais ma pauvre, ce n'est rien du tout pour lui !

Elle avait eu une manière de prononcer ce « ma pauvre » qui en disait long sur l'estime qu'elle me portait. Décidément, elle me semblait odieuse. Elle s'était lancée dans une description détaillée de sa maison – nombre de chambres, nombre de salons, nombre de bonnes – quand nous sommes enfin arrivées rue Ambrosen.

Devant la boutique il y avait un véritable attroupement. Les garçons qui, le matin, s'étaient massés autour d'Edmund se pressaient maintenant contre la vitrine, leurs dos noirs agglutinés les uns aux autres, leurs mains élevées au-dessus des têtes. Le monstre avait seulement changé de forme, plus plat que pendant la récréation, plus agité aussi, secoué de spasmes. Les tentacules collés aux vitres paraissaient maintenus par de puissantes ventouses.

– On ne va pas pouvoir entrer, Lil. Il y a trop de monde. Je suis sûre que Lei Tchang n'admet pas qu'on se bouscule dans sa boutique. Il est tellement maniaque !

– On va bien voir ! Ça m'étonnerait que je ne puisse pas y aller, moi !

Elle s'est avancée d'un pas décidé mais, contre

toute attente, les garçons qui barraient le passage n'ont pas bougé. Ils n'ont pas relevé la tête pour la couver d'un regard d'extase. Lil s'est retournée vers moi, décontenancée. Ses yeux cherchaient du secours. J'ai souri, méchamment sans doute. Elle a crié.

– Oh ! vous allez vous pousser un peu que je puisse rentrer ?

– Qu'est-ce que tu crois ? J'étais là avant toi ! Lei Tchang a dit : « Chacun son tour ! »

Lil, blême de colère, allait s'engager dans un combat qu'elle n'avait aucune chance de gagner contre le petit teigneux qui l'avait rembarrée. Je l'ai tirée par la manche.

– Viens, ce n'est pas la peine d'insister. Il suffit d'attendre quelques jours...

– Mais je ne veux pas attendre, moi ! Il n'en est pas question !

– Enfin, Lil ! Tu ne vas pas te mettre à trépigner ? Tu n'es plus une gamine !

– Si ! Je veux rentrer ce soir ! s'obstinait-elle en tapant du pied.

De temps à autre la porte s'ouvrait, trois ou quatre garçons entraient, trois ou quatre en sortaient. On ne voyait pas Lei Tchang, derrière le monstre. On entendait sa voix pointue :

– Entrez mais ne touchez à rien, et surtout ne faites pas de bruit !

– Je veux y aller, je veux y aller !

Cette fille était idiote, sans doute possible. La brusque flambée d'émotion qui m'avait agitée à l'idée de l'offrir à Lei Tchang s'était évanouie à la vue de l'attroupement. Je n'avais pas imaginé la scène dans ces conditions. J'allais gâcher quelque chose – mais quoi ? J'aurais été bien en peine de le dire – si je laissais Lil entrer dans la boutique engorgée de garçons. J'ai fait demi-tour.

– Eh, Alicia, où tu vas ?

– Je rentre à la maison. Je n'aime pas attendre.

– Mais ça n'est pas possible ! Qu'est-ce que je vais faire, moi ?

Elle se tordait les mains, me lançait des regards suppliants, me prenait par le cou. Quelle comédie tout de même ! Comment n'avait-elle pas honte ?

– Eh bien, soit tu entres toute seule dans la boutique, soit tu patientes quelques jours.

– Je te déteste !

– Je te le rends.

Je suis partie, pourchassée par ses piaillements. J'étais assez flattée et en même temps stupéfaite qu'elle ait à ce point besoin de ma présence. Il fallait que la trouille que lui inspirait Lei Tchang fût terrible. Dans la Vauxhall Bridge Road j'ai entendu derrière moi des talons résonner sur le trottoir. C'était elle qui courait pour me rattraper.

– Ne me laisse pas, Alicia !

Elle ne jouait plus.

– Mais qu'est-ce qui te fait peur à ce point, Lil ?

– Je ne sais pas ! Je ne sais pas !

– Arrête de crier. Calme-toi.

– Je sens quelque chose... Les figurines... Je sens.

Elle ne pouvait en dire plus et sa sottise naturelle n'était pas en cause. Ce qu'elle pressentait était tellement incroyable, tellement au-delà de tout ce que nos cauchemars auraient pu nous laisser imaginer ! J'ai passé mon bras sous le sien.

– Rentrons. Je t'accompagnerai jusqu'à ta porte.

J'ai mal dormi cette nuit-là. J'y étais accoutumée. Les émois du jour me poursuivaient fréquemment jusque dans mes rêves. D'obscures hantises me contraignaient à garder les yeux ouverts dans le noir. Je savais que je ne pourrais pas me rendormir.

Debout à la fenêtre j'ai regardé la rue vide, les lueurs des réverbères auréolés de brouillard sous lesquels couraient, pliés par la bise, de longs fantômes nuageux. Quand pourrais-je quitter cette ville ? Dans combien d'années ? J'enviais les pays de soleil où l'air, débarrassé de l'humidité crasseuse, pénètre joyeusement les poumons. Je rêvais de montagnes, de lumière limpide et sèche, de paix. Je devinais que, le lendemain, la frénésie des garçons pour les avions de guerre n'aurait fait qu'empirer et que le regard d'Edmund me traverserait distraitement. J'avais envie de tomber malade.

Hélas ! ma nature robuste, ou plutôt une curiosité plus forte que tout ne m'a pas accordé ce répit. La cour du collège résonnait de glapissements, de cris. Les garçons n'avaient d'yeux que pour leurs engins. Ceux qui n'avaient pu, par manque d'argent, acheter le leur la veille tremblaient d'excitation à la perspective de s'y précipiter le soir même.

Et le surlendemain Edmund, dressé en orateur au milieu de la cour, annonçait la nouvelle :

– Lei Tchang va nous faire une démonstration !

« De quoi ? » « Comment ? » « Où ? » Les questions fusaient. Les filles, restées jusque-là à l'écart, se sont approchées. Lil jouait des coudes et de son autorité pour être au premier rang.

– Lei Tchang va nous présenter un meeting aérien de modèles réduits télécommandés. Au programme, des Mirage 2000 français, des F4 Phantom et des B 52 américains !

Le seul nom qui m'évoquât quelque chose était celui des B 52. J'avais vu au cinéma, dans une bande d'actualité sur la guerre au Viêt-nam, ces avions-là décoller à une vitesse vertigineuse, lâcher leurs bombes sur des villes et des villages dont on montrait à terre les habitants fuyant à la recherche d'un abri. On aurait dit des lapins. Le journaliste imperturbable vantait la puissance américaine, les B 52 invincibles, la précision des bombardiers fondant sur leurs proies. D'imaginer des êtres humains sous les bombes, cette étoile de mort qui leur tombait dessus sans qu'ils y puissent rien me terrassait de révolte impuissante. Je me réveillais en hurlant, la nuit, convaincue que la bombe était tombée sur notre maison et, de terreur, me glissais sous le lit.

Comment Lei Tchang, si doux, pouvait-il jouer avec la reproduction miniature de ces monstres de ferraille et de mort, voilà ce que je ne pouvais concevoir. Et malgré ma répulsion, poussée par le besoin de percer cette énigme, je me suis rendue avec Edmund devant sa boutique.

Lil ne nous a pas accompagnés : elle voulait, elle, acheter une figurine et avait compris que ce soir-là le miniaturiste ne serait pas disponible. Sur le pont, quand je me suis arrêtée pour regarder les bateaux, Edmund n'a pas râlé. Il a passé son bras sur mes épaules et s'est appuyé à côté de moi au parapet. Sa chaleur pénétrait doucement ma veste de laine et se répandait sur ma peau. Une lumière opale gonflait au-dessus de la Tamise comme le dôme impalpable d'un palais de fées.

– Tu rêves, Alicia.

– Oui.

– A quoi tu rêves ?

– Je voudrais partir en bateau jusqu'à un pays plein de soleil, avec de hautes montagnes et un air transparent.

– C'est tout ?

– Non. Je voudrais que tu viennes avec moi.

– Moi je suis bien ici, à Londres. Je n'aimerais pas m'en aller.

– Pourquoi ?

– Je ne sais pas... C'est trop grand, ailleurs. On ne connaît pas...

Est-ce que je devrais un jour choisir entre Edmund et mes rêves ? Je me le demandais sérieusement comme si la question se fût posée d'une manière urgente. Pourtant, la seule urgence était cette démonstration promise par Lei Tchang.

Devant la boutique du miniaturiste la foule s'était amassée rapidement. Elle débordait des trottoirs et ondulait jusqu'au milieu de la rue où les voitures, stoppées dans leur élan, klaxonnaient. Des pères avaient accompagné leur fils et battaient avec eux la semelle devant la porte fermée. Beaucoup de filles aussi s'étaient précipitées là, plus par curiosité pour cet engouement, si étrange à leurs yeux, des garçons que par intérêt pour les modèles réduits.

– Je te laisse, a dit Edmund. Lei Tchang m'attend dans la boutique. C'est moi qui dois l'aider pour les commandes.

Il a fendu la foule avec l'autorité d'un chef écartant la piétaille et personne n'a songé à lui contester ce privilège tant il paraissait évident qu'Edmund avait été, pour quelque obscure raison, élu par le vieil Asiatique. La porte s'est ouverte pour lui seul et Lei Tchang s'est dressé sur la pointe des pieds.

– Qu'est-ce que vous voulez, tous ?

– Le meeting aérien ! Les avions de guerre !

Le visage ridé de Lei Tchang s'est mis à trembler, sillonné de frissons.

– Patientez quelques minutes, nous allons préparer le matériel.

Et il a refermé sa porte.

C'était la fin du jour. Quelques rayons du soleil déclinant crevaient les nuages de flèches rousses. Les appels des Klaxon, les insultes que les conducteurs lançaient à ceux qui obstruaient la voie, les commentaires excités des garçons et des pères sur les différences entre bombardiers et chasseurs, sur la vitesse de décollage, le poids et la puissance des bombes entretenaient un vacarme confus et exaspéré. L'attente durait. Dans la foule, une fièvre étrange se transmettait des uns aux autres et montait graduellement, chacun y ajoutant sa part. Les adultes eux-mêmes paraissaient contaminés. Aux protestations de ceux qui s'étaient fait écraser les orteils ou bousculer répondaient les insultes de ceux qu'on accusait. Nous n'en pouvions plus d'énervement.

Lorsque la porte s'est ouverte une clameur a salué Lei Tchang et Edmund qui portaient une longue caisse noire sur l'épaule. Le miniaturiste ouvrait la marche, mon ami le suivait. Comme il était plus grand la boîte plongeait vers l'avant, en équilibre instable. La foule s'est écartée pour les laisser passer et, en lent cortège, nous avons suivi cet étrange cercueil qui tanguait à chaque pas menu du petit Asiatique.

Nous nous sommes arrêtés sur la pelouse de Morpeth Terrace, devant la cathédrale.

– Vous pouvez vous asseoir.

Nous avons tous entendu un ordre, plus qu'une invitation de Lei Tchang, et nous avons obéi sans discuter sauf les plus jeunes, des gamins de l'école primaire qui gambadaient, se chamaillaient et gênaient la vue.

– Assis ! Assis ! ont demandé les quelques adultes qui se trouvaient parmi nous.

Mais les gosses n'écoutaient pas. Il a fallu crier encore.

– Assis !

Les grands frères se sont relevés pour les rattraper et les ramener de force. L'étrange excitation qui s'était emparée de la foule, devant le magasin, et apaisée pendant la marche, a de nouveau circulé parmi nous.

Edmund a ouvert, avec des gestes d'une exaspérante solennité, la longue boîte noire. Lorsque le couvercle a été complètement relevé une lampe, à l'intérieur, s'est allumée pour éclairer les appareils de télécommande.

Lei Tchang, lui, déposait sur les bords de l'allée sablonneuse menant au grand portail de la cathédrale des feux électriques, plats et blancs, délimitant une piste. Aux quatre angles, un vent fort gonflait des manches à air. Le miniaturiste et son assistant agissaient avec précaution, une extrême lenteur et une majesté qui rappelait celle des prêtres en chaire, et rendaient plus pénible encore la longue attente qu'ils nous faisaient subir.

Un ronflement de moteur a fait taire les distraits et le premier Phantom a roulé au ralenti sur la pelouse jusqu'à la piste, suivi d'un autre qui s'est rangé à droite du premier, un peu en retrait, d'un troisième qui s'est placé à gauche dans l'alignement du second. Sur la piste devenue, à mesure que tombait le crépuscule, le seul point éclairé dans l'ombre de la cathédrale, les trois avions formaient un triangle isocèle.

Derrière eux se sont rangés l'un après l'autre trois Mirage français. Des feux de signalisation, rouges et verts, se sont allumés aux extrémités des ailes. Une lueur pâle baignait le léger renflement de verre au-dessus des postes de pilotage, juste avant cette sorte de bec pointu qui terminait la longue carlingue étroite. On avait l'impression de distinguer jusqu'aux silhouettes des pilotes. Les lignes fuselées des six avions, les drapeaux américains et français, les insignes – incompréhensibles pour moi – qui couvraient les carlingues et les ailes étaient reproduits avec un souci du détail qui rendait l'illusion complète. On aurait cru assister, d'une hauteur éloignée, à un véritable meeting aérien.

Le régime des moteurs a progressivement augmenté tandis que les six chasseurs roulaient, en deux triangles consécutifs, sur la piste. Ils ont pris de la vitesse et décollé si brusquement, dans un fracas si ahurissant en proportion de leur taille que je me suis tournée vers Edmund comme si j'attendais qu'il m'explique, d'un clin d'œil, ce phénomène. Mais penché sur la boîte au couvercle relevé, le visage curieusement creusé par la lueur qui l'éclairait, il ne regardait que ses doigts manipulant les curseurs des télécommandes et les avions qui, après une boucle derrière les tours de la cathédrale reparaissaient soudainement, trouant le ciel d'un vrombissement qui semblait rebondir et s'amplifier sur les pierres.

Pendant que nous gardions les yeux fixés sur leurs évolutions, au-dessus de nos têtes, cinq B 52 s'étaient rangés en file indienne sur la piste. Leurs silhouettes massives inquiétaient. Le ronflement de leurs moteurs, plus grave et puissant que celui des chasseurs, faisait trembler le sol. J'ai jeté un nouveau coup d'œil vers Edmund. Il ne regardait que son matériel. Peut-être le bruit était-il enregistré, comme la voix des chanteurs en play-back, et le son avait-il été poussé à fond. Il était inimaginable que des moteurs de modèles réduits produisent un vacarme aussi puissant que celui de véritables avions. Un petit garçon que son père tenait entre ses bras, à côté de moi, a plaqué les mains sur ses oreilles.

– J'ai peur, papa !

– Ne t'inquiète pas, bébé, ce ne sont pas des vrais.

Il a serré son fils un peu plus fort contre sa poitrine et embrassé ses cheveux. Lorsqu'il a relevé la tête, nos regards se sont croisés. Il était inquiet ou seulement irrité par les ronflements assourdissants. De l'autre côté de la piste, Lei Tchang se tenait debout, très raide mais le visage parcouru de tics comme s'il souffrait lui aussi du vacarme. Il paraissait plus vieux qu'à l'ordinaire ou plutôt affecté d'une autre forme de vieillesse : je l'avais toujours vu gai ou en colère, bien vivant malgré ses rides. Il avait l'air tourmenté par une douleur épuisante, une sorte de maladie à laquelle il résistait mal et en serrant les dents.

Le grondement s'est amplifié et les bombardiers ont roulé dans un ensemble impeccable sur la piste, puis décollé. Plus lourds que les chasseurs qui jouaient à composer diverses figures au-dessus de nous, ils dégageaient malgré leur petite taille une impression de puissance que la précision de leurs manœuvres rendait presque angoissante.

Ils se sont dirigés droit sur la cathédrale et au ras de la façade se sont renversés sur le dos, revenant vers les chasseurs en tournoyant sur eux-mêmes, décrivant des boucles autour des triangles comme s'ils cernaient des ennemis plus rapides peut-être, mais plus faibles qu'eux, et dont ils n'auraient fait, s'ils l'avaient décidé, qu'une bouchée.

Quelle que soit la complexité des figures qu'ils accomplissaient, l'espace entre eux restait le même, la droite ou la courbe qu'ils formaient toujours parfaite. Le vent qui balayait la place en rafales et pliait les échines humaines n'avait sur eux aucune prise.

Les six chasseurs, en deux triangles immuables, ont piqué vers la piste comme pour s'y poser puis, remontant en lignes verticales, se sont écartés puis disposés en éventail, les Américains formant la branche gauche et les Français la droite, tandis que les bombardiers, entre les deux, effectuaient des loopings de plus en plus acrobatiques et surprenants. La nuit, à laquelle les fumées d'échappement donnaient une maladive teinte mauve, était tombée. Sous les ailes des monstres minuscules, des feux blancs levaient en relief les formes aiguës des missiles. Les pères, bientôt lassés de ces exercices de voltige, parlaient de ramener à la maison leur progéniture. Nous regardions nos montres : les parents allaient rentrer, il fallait partir...

C'est alors qu'un premier triangle de chasseurs a piqué sur nous. Le nez pointu, terminé par un rostre menaçant, de l'avion placé en tête a paru viser un des visages relevés dans la foule. A quelques centimètres du crâne il est remonté vers le ciel, suivi de sa cohorte rugissante en formation irréprochable. Un long « Ahh ! » de surprise et de soulagement a fusé de toutes les poitrines.

– Mais qu'est-ce qui leur prend ? a crié le père en protégeant de la main la tête de son petit. C'est dangereux !

Il n'avait pas terminé sa phrase que le deuxième triangle piquait sur un autre spectateur. Pendant les quelques fractions de seconde où on l'a vu surgir de la nuit et se diriger droit sur nous, un éclair d'angoisse a serré toutes les gorges. Qui était visé ? L'avion de chasse a fondu sur une tête et l'a frôlée de si près que les voisins de la victime, et même ceux qui voulaient encore croire à un jeu, se sont recroquevillés.

Le bruit terrible laissait, après le passage de la formation, les tympans bourdonnants. Les regards flottaient et personne ne pipait mot, tout à la stupéfaction d'avoir imaginé, même brièvement, qu'un avion miniature pût se muer soudain en arme offensive.

J'ai encore regardé Edmund. La lumière de la boîte éclairait sa mâchoire et projetait l'ombre de ses pommettes sur ses orbites. Je connaissais cette blague qui consiste à déformer ses traits en plaçant une pile électrique sous le menton. Pourtant je n'ai pu m'empêcher de tressaillir.

Le rire qui déformait ses lèvres faisait de sa bouche, dans cet éclairage ignoble, un trou. Edmund ressemblait à la mort en personne. Lei Tchang, lui, n'avait pas bougé. Une grimace dont on n'aurait pu dire si elle était cruelle ou douloureuse tordait sa face.

Lorsque les avions sont redescendus ils ne formaient plus de triangle. Tous, chasseurs et bombardiers, disposés en deux lignes consécutives, piquaient de front sur la foule. Chacun des appareils pointait son bec sur une tête. Nous ne nous sommes plus demandé qui était menacé. Nous étions tous visés et, dans un réflexe, nous nous sommes protégés de nos bras. L'air déplacé par les deux vagues d'engins lancés à toute allure nous a giflés. Nous relevions la tête, abasourdis, lorsque nous les avons vus revenir sur nous par-derrière. Aussitôt tous les bras se sont replacés sur les crânes et les dos se sont courbés.

Les avions étaient passés beaucoup plus bas que les fois précédentes. Ils ne se contentaient plus de frôler les spectateurs. Ils nous obligeaient à nous plier, à nous abaisser vers la terre. Aussitôt après leur passage les deux lignes d'engins, toujours en ordre impeccable, viraient et revenaient. On n'avait plus le temps ni de s'amuser à distinguer les chasseurs des bombardiers ni d'apprécier leurs évolutions. On ne savait plus qu'une chose : ils étaient nombreux, et même, on aurait pu penser qu'ils s'étaient multipliés. Dans la nuit, on ne voyait d'eux que les feux de position verts et rouges aux extrémités de leurs ailes et ceux, blancs, qui illuminaient leurs ventres chargés d'armes. Et chaque avion, nous semblait-il, s'était divisé et métamorphosé en insecte fantastique investi d'une puissance soudaine et effrayante.

Des fusées éclairantes, lâchées d'on ne sait où, sont tombées parmi nous, illuminant les visages surpris de lueurs verdâtres.

– On s'en va ! a crié le père quand son fils s'est mis à pleurer.

Mais aussitôt qu'il s'est relevé, un Mirage a plongé sur lui et l'a obligé à s'accroupir. L'homme a encore tenté de s'enfuir, à quatre pattes, son gamin accroché de toutes ses forces à son cou, les petites jambes nouées autour de son torse. Mais le chasseur ne le lâchait pas, vrombissant autour de sa tête comme un frelon acharné, frôlant le front, piquant sur les yeux, contraignant le père à se recroqueviller autour de son enfant qui hurlait.

Les premières bombes ont éclaté dans le ciel noir comme des lucioles et sont tombées sur nous avec des sifflements qui déchiraient les tympans. Elles soulevaient des jets de terre entre nos pieds. Des enfants se sont mis à appeler au secours mais leurs cris étaient couverts par le grondement infernal des avions qui plongeaient sur les crânes et fonçaient droit sur les faces comme s'ils voulaient crever, de leur rostre métallique, les yeux qui osaient se lever vers eux.

Sans cesse, de nouvelles bombes tombaient. Elles n'étaient pas plus grosses que des billes mais explosaient au contact du sol, projetant des gerbes de poussière et des morceaux de pelouse arrachée. On s'est tous accroupis, certains agenouillés le visage contre les genoux, les mains sur la nuque. Le souffle des ailes glaçait la sueur, couvrant nos épaules d'une nappe mouillée qui nous faisait frissonner. Les fusées éclairantes donnaient à la peau une couleur de cadavre. L'impact des engins au sol était immédiatement suivi de projections qui nous giflaient ou nous aveuglaient. Une odeur âcre de poudre, de brûlé, prenait à la gorge et faisait tousser.

La peur s'est emparée de nous tous, y compris des adultes. Beaucoup avaient tenté de s'enfuir mais avaient dû, pourchassés par les avions, renoncer. Trois bombardiers avaient pris en chasse un fuyard, un homme de haute taille aux cheveux roux, qui lançait autour de lui ses mains larges pour attraper les avions au vol comme des mouches. Mais lorsqu'un quatrième appareil, surgissant de l'obscurité dans un grondement de tonnerre, avait foncé sur son visage, le géant roux avait perdu l'équilibre et mordu la poussière. Depuis, il n'avait plus rien tenté. Nous nous serrions les uns contre les autres. Je m'égosillais en vain :

– Edmund, arrête ! Lei Tchang, Edmund, arrêtez !

Ils ne m'entendaient pas et m'eussent-ils entendue que je n'aurais fait qu'exaspérer leur jubilation à semer la terreur. Les bombes miniatures s'écrasaient sans relâche, levant des rubans de pelouse qui rebondissaient vers le ciel et retombaient sur les dos courbés, pénétraient dans l'échancrure des cols. La terre et les gravillons remplissaient les oreilles, la bouche ; la poussière brûlait les yeux.

Chaque nouvelle explosion, parmi les hurlements, les pleurs et les appels au secours, augmentait la panique. Les avions arrivaient par vagues incessantes. Il y en avait de nouveaux, ou bien ils tournaient plus vite. On ne savait plus. On n'entendait plus. On ne pensait plus. Les petits ont brusquement cessé d'appeler leur mère. On ne cherchait qu'à se coller au plus près de la terre déchiquetée, on aurait voulu creuser des galeries de taupes et se cacher loin au fond du trou. Personne ne songeait plus à s'enfuir. La ville autour semblait un désert noir et sur la pelouse de Morpeth Terrace régnaient le feu et la terreur.

Brusquement tout s'est arrêté. Sur le ciel sombre flottait une fumée verdâtre. Nous nous sommes frotté les paupières comme pour chasser un méchant rêve et assis dans l'herbe. Un sanglot encore, de temps à autre, éclatait dans le silence.

Lei Tchang s'avançait comme un automate pour aider Edmund à rassembler le matériel dans la longue caisse. Mon ami n'était plus le garçon balourd et renfermé que je connaissais. Il manipulait d'un geste sûr les bombardiers et les chasseurs, les rangeait à leur emplacement dans cette sorte de cercueil fabriqué pour eux. Il enroulait des mètres de fil autour de sa main, piquait dans les soufflets du couvercle d'étranges outils nickelés. L'éclat de ses yeux dans l'obscurité m'a terrassée. Le feu intérieur avait dévoré son regard. Il n'était plus que violence.

Chapitre trois

A l'heure du *breakfast* Edmund a tapé au carreau de la cuisine. Ma mère a froncé les sourcils et murmuré :

– Quelle éducation ! Il ne sait plus sonner à la porte, ton ami Edmund ?

– Maman, ce n'est pas grave…

Elle a haussé les épaules d'un air las, esquissé un sourire. Qu'est-ce qui pouvait la fatiguer à ce point ? Elle n'était pas si âgée – à peine quarante ans – mais semblait avoir endossé pour toujours la grisaille de la vieillesse. Je suis allée ouvrir à Edmund.

– Je passais te chercher.

– Je n'ai pas tout à fait fini. Tu entres une minute ?

– Non, je préfère t'attendre dehors.

– Ah bon ! Mais il pleut !

– Fais vite.

A la hâte j'ai englouti les dernières bouchées du toast, avalé un fond de café, enfilé mon imperméable en mâchonnant.

– A ce soir, maman !

– N'attends pas la nuit pour rentrer ! Je te fais confiance…

– Mais oui. Ne t'inquiète pas.

Elle m'a tendu la joue sans répondre à mon baiser. Edmund, lui, baissait la tête. Je le connaissais assez pour deviner qu'il avait quelque chose à dire mais n'y parvenait pas.

– Ça ne va pas, Edmund ?

– C'est à cause d'hier soir. Je voulais m'excuser. Je ne sais pas ce qui m'a pris. J'étais fou…

– Lei Tchang est plus responsable que toi, à mon avis ! C'est lui l'adulte, non ? Et il est bien placé pour connaître l'effet de ses engins !

– C'est moi qui ai poussé les curseurs à fond. Le son… La vitesse… J'ai tout mis au maximum.

– C'est lui qui t'a appris les manipulations, j'imagine ?

– Oui. Mais sur la pelouse il m'a laissé faire… Je ne sais pas ce qui… Je…

Il avait les larmes aux yeux. Je ne l'avais jamais vu pleurer, même au jardin d'enfants. Il répétait :

– Lei Tchang n'y est pour rien, c'est moi qui… c'est moi…

– Quoi, Edmund ! Qu'est-ce que tu as fait ?

– J'ai voulu vous tuer.

De surprise, je me suis assise sur un muret, les jambes molles.

– Tu déraillles, Edmund. Tu as voulu nous faire peur, c'est tout !

– Je te dis que non ! C'est moi qui ai visé les crânes !

– Ne crie pas ! Tu n'as qu'à décider de ne plus remettre les pieds dans cette boutique.

– Mais ce n'est pas lui ! Je te répète qu'il n'a rien fait. C'est moi qui ai télécommandé les avions et les bombes !

– N'y va plus, Edmund. Ces engins de guerre te tournent la tête.

– Alicia, tu ne veux pas comprendre que c'est moi !

– Non. Je ne veux pas. Je te connais…

J'allais poursuivre, lui dire qu'il était un tendre, un timide ; que l'envie de tuer ne pouvait pas lui venir, à lui qui fuyait les bagarres entre garçons ; que je le connaissais depuis toujours ; qu'il était bon, généreux malgré sa timidité…

Je me suis tue par crainte de mentir. N'avais-je pas été affolée, comme les autres, par l'agressivité de ces avions minuscules qui semblaient vouloir nous crever les yeux ? N'avais-je pas été, comme tous les spectateurs, ébranlée par cette farce morbide ? Et d'ailleurs, qui pouvait prétendre connaître quelqu'un à fond ?

J'aurais tellement voulu le consoler, pourtant, le défendre contre lui-même qui s'accusait... Mais un mensonge, même involontaire, aurait à mes yeux gâché les sentiments qui nous unissaient. Je l'ai embrassé en silence. La bruine avait déposé sur sa peau une humidité visqueuse et froide. Nous sommes repartis main dans la main, ne nous séparant qu'en vue du collège. Lil m'attendait à l'entrée.

– On y va ce soir ?

– D'accord.

J'étais impatiente maintenant de voir ce qui se passerait entre Lil et Lei Tchang. Les cours m'ont paru étrangement irréels. De quoi parlaient ces professeurs austères, serrés dans leur costume ou leur tailleur ? Eux dont je buvais hier les paroles m'ennuyaient. Leurs discours sonnaient creux, inhabités. La tristesse des murs pesait sur l'esprit, l'engluait d'une poussière lourde, accumulée depuis des lustres.

Lil et moi n'avons pas eu besoin de parler : un simple coup d'œil a suffi. Ensemble, nous nous sommes précipitées hors de la salle de classe sous le regard éberlué de notre professeur de grec. Nous avons couru jusqu'à la boutique et là, seulement, nous nous sommes arrêtées : Lil pour admirer, moi pour reprendre souffle.

– Regarde ce que je t'avais dit, Alicia, le petit qui pousse la brouette. Est-ce qu'il n'est pas plus vrai que vrai ?

Elle n'avait pas tort. Poupées, figurines, soldats de plomb peuplaient en foule la vitrine. Mais aucun d'entre eux, pas même les statuettes recherchées par les collectionneurs, n'égalait en vérité les modèles réduits humains que Lei Tchang fabriquait. Les plus minces détails étaient reproduits à la perfection, les mains en particulier, y compris chez un sujet minuscule comme le petit garçon qu'elle me montrait.

La peau du visage, aussi, possédait l'inimitable éclat de la vie. Les vêtements étaient délicieusement coupés, impeccablement cousus et ajustés au corps. Alors que, sur la plupart des poupées d'une taille bien supérieure, l'étoffe reste raide, cassante aux coudes et aux genoux, elle tombait là naturellement sur les membres comme celle d'un vêtement déjà porté et dont le tissu s'est fait aux mouvements.

Dans le square reproduit par Lei Tchang on voyait aussi des mamans poussant des landaus, des enfants sur des balançoires qu'un mécanisme invisible faisait osciller en même temps que se soulevaient et s'abaissaient les petites jambes. Un homme, sur un banc, lisait le *Times.* Un autre tenait à la main un bouquet, et son regard semblait réellement dirigé vers la porte du square par où devait arriver celle qu'il espérait. Un ouvrier en bleu portait une échelle et, aux phalanges, la peau blêmissait.

Quel génie du détail ! On aurait dit que la figurine accomplissait réellement un effort !

– Et la fontaine, incroyable, un vrai jet d'eau !

– Je rêve ? J'ai cru voir passer un poisson rouge.

– Non c'est un reflet.

– Je t'assure que c'est un poisson !

L'excitation de Lil me gagnait en même temps qu'une sorte de malaise : quelle patience le miniaturiste n'avait-il pas mise dans ces reproductions ? Et dans quel but ? Pourquoi perdre tant de temps à copier ce qui existait déjà ? J'avais chaud. En levant les yeux j'ai aperçu Lei Tchang, avec son doux sourire. Il nous observait. Tous les soupçons qui m'avaient agitée le matin en discutant avec Edmund se sont envolés. Il a ouvert la porte et de sa voix suave nous a invitées.

– Entrez, mes déesses.

Son étrange manière de s'exprimer nous a fait sourire, un peu moqueuses. Mais il nous touchait au cœur. J'ai précédé Lil dans la boutique. J'avais une envie folle que Lei Tchang me caresse encore la joue et, lorsqu'il l'a fait, il m'a semblé que mon âme s'ouvrait, qu'un grand oiseau prisonnier dans ma poitrine battait des ailes et prenait son essor. La douceur de ses gestes, de sa peau surtout, était si étonnante pour un vieil homme ! Il y avait tant d'émerveillement dans son regard que, le temps d'un éclair, je me voyais unique et, comme il le formulait curieusement, déesse. Je n'étais plus une petite fille parmi d'autres. A peine appartenais-je encore à ce monde terrestre et jamais depuis, même au plus fort de l'amour, je n'ai éprouvé ce sentiment de toute-puissance.

Lei Tchang s'est tourné vers Lil.

– A qui appartient ce sourire d'ange ?

– A Lil.

– Lil ! Ton sourire est un papillon naissant à l'aube du plus beau jour d'été. Alicia, aucun pétale de rose n'égale le velouté, la fraîcheur, la douceur de ta peau. Regardez toutes les vitrines, autant que vous le voulez. Mais ne touchez à rien.

Au centre de la boutique, sur une large table éclairée d'une puissante lumière blanche, Lei Tchang avait disposé ses outils d'une finesse chirurgicale : des fraises, des perceuses pas plus grosses qu'un dé à coudre, des mèches, des scalpels, des pinces, des limes de la taille d'une allumette et piquées en ordre de bataille sur leur socle.

Il travaillait voûté au-dessus de son ouvrage, les sourcils froncés, les lèvres serrées. Lorsqu'il cessait d'utiliser un outil, il le replaçait immédiatement. Rien ne traînait sur sa table. Il ramassait aussitôt tombés les copeaux microscopiques, des poussières de cuivre, de pierre, de plâtre. Il taillait ce soir-là des parallélépipèdes, tous strictement identiques, d'un rouge foncé.

– C'est minuscule ! a sottement remarqué Lil. Combien ça mesure ?

– Un demi-millimètre sur deux. Tu ne devines pas ce que c'est ?

– Des pavés ?

– Tu brûles. Qu'en dis-tu, Alicia ?

– Des briques ?

– Bravo ! Je vais reproduire un cottage que j'ai vu dans la campagne. Charmant cottage, charmant... Avec tous ses habitants.

– Mais vous en avez pour des mois !

– Des années. Il y a des années que je l'ai commencé, quand je suis arrivé en Angleterre. J'ai rassemblé à peu près tous les éléments. J'avais seulement fait une petite erreur de calcul sur ces fichues briques.

Sans bouger, oppressées par l'ampleur de cette tâche absurde, nous le regardions, concentré sur le polissage de chaque pièce. Nous admirions ses gestes si étroitement calculés qu'il semblait lui-même une machine, un mécanisme d'horlogerie obéissant à des ordres muets.

– Où il est, le cottage que vous avez commencé ? a demandé Lil.

– Dans mon cabinet de Barbe-Bleue, a-t-il répondu avec un ricanement bref.

Il a porté la main devant sa bouche comme pour étouffer un rot. Le temps d'un éclair, les soupçons du matin sont revenus m'assaillir. Lei Tchang m'a regardée dans les yeux. La tendresse, la joie de nous voir, de nous avoir près de lui, dans sa boutique, illuminaient son visage dont les rides devenaient rayons comme dans ces soleils que nous dessinions, au jardin d'enfants. J'étais vraiment lamentable, avec ma sotte méfiance ! J'ai rougi. Il s'est approché de moi et m'a demandé d'un ton inquiet, presque désolé :

– Je ne te fais pas peur, tout de même ?

– Non !

– J'aime la jeunesse. On soupçonne toujours les vieillards portés à cet amour de pensées impures. Pourtant, quoi de plus naturel, quand on sent rouiller ses vieux os, que d'aimer désespérément la jeunesse qui nous a fuis ?

– Moi, vous ne me faites pas peur du tout ! a gazouillé Lil. Au contraire !

Elle a avancé ses doigts vers le coude du vieil homme. Sans doute avait-elle l'intention de lui accorder les chatteries qu'elle réservait d'ordinaire à son père lorsqu'elle voulait qu'il satisfasse ses caprices. Lei Tchang s'est reculé en fronçant les sourcils.

– Toi, tu veux obtenir quelque chose de moi.

– Oh ! oui, a-t-elle naïvement rétorqué. Je voudrais une figurine : le petit qui pousse la brouette !

– Il faut l'acheter, alors, a répondu sombrement le miniaturiste. Ce n'est pas une vulgaire poupée.

– Je l'ai bien remarqué ! C'est pour ça que je la veux. Mon père a beaucoup d'argent !

Lei Tchang a coulé vers moi un regard complice. Je me sentais, une fois de plus, écarlate. Quand est-ce que j'en aurais fini avec ces maudites rougeurs qui me faisaient pivoine à la moindre occasion ? Pourquoi la bêtise de Lil me faisait-elle honte ? C'était la sienne après tout ! J'enrageais.

– Et toi, Alicia, doux pétale, qu'est-ce que tu veux ?

– Moi ? Rien. Je n'aime pas les miniatures.

– Ah bon ! s'est étonné Lei Tchang. Pourtant, j'aurais cru…

– J'aime les bateaux qui s'en vont parce qu'un jour moi aussi je partirai. J'aime les vrais paquebots. Il n'y a que les choses vraies qui m'intéressent.

– C'est encore plus grave, a-t-il répondu en nous reconduisant à la porte.

Puis il a ajouté, en enfermant ma main entre ses paumes d'une douceur d'oisillon :

– Merci, Alicia.

– De quoi me remerciez-vous ?

– De m'avoir présenté ta belle amie…

– C'est un hasard…

– Est-ce bien vrai ?

J'ai rougi encore, il a souri : nous nous étions compris. Lil et moi nous sommes parties à regret. Je ressassais mon bonheur : ainsi, Lei Tchang avait bien reçu Lil comme un cadeau que je lui apportais. J'étais tellement heureuse qu'il ait pressenti, à travers cette offrande, l'affection que je lui portais !

Mais je ne pouvais me retenir d'éprouver une gêne à l'égard de Lil : offrir à ce vieil homme la vue de la plus belle de mes camarades, est-ce que c'était bien ? J'aurais aimé qu'on puisse me le dire mais je ne m'imaginais pas expliquer mon aventure à ma mère. Elle m'aurait sans doute mal comprise, voire soupçonnée...

Lil a jeté un dernier coup d'œil à la vitrine.

– Je suis sûre que mon père va craquer !

Son air de triomphe niais a balayé mes scrupules : même si j'avais mal agi, sa sottise me disculpait. D'ailleurs je n'avais, moi, rien demandé en échange. Je n'avais pas obtenu de réduction sur le prix d'une maquette !

En traversant le pont nous avons croisé Edmund qui se dirigeait à pas pressés vers la rue Ambrosen. Il a paru gêné de nous rencontrer. Ses yeux fuyaient les miens et je savais bien pourquoi. Je n'ai pu me retenir de lui lancer, avec un sourire ironique :

– Tu vas chez Lei Tchang sans moi ?

– De quoi je me mêle ?

Jamais il ne m'avait parlé sur ce ton. J'ai regardé son dos s'éloigner. Une tristesse lourde est aussitôt tombée sur ma poitrine. J'ai eu envie de courir derrière lui pour l'assurer que je ne lui en voulais pas de m'avoir « troquée », que je m'étais moquée de lui sans méchanceté, pour qu'il comprenne seulement que je savais... comme un secret entre nous. Je me suis retenue de crier : « Edmund ! Moi aussi je t'aime beaucoup ! »

Je suis restée clouée sur place jusqu'à ce que Lil,

cramponnée à mon bras, m'entraîne. Dieu, qu'elle était agaçante ! J'ai marché à son côté sans lui répondre, étourdie par son bavardage. D'ailleurs elle n'attendait pas de réponse. Une présence muette lui suffisait pour s'autoriser à jacasser.

Moi, je ne pensais qu'à Edmund.

Chapitre quatre

En quelques semaines, la silhouette minuscule de celui que nous appelions l'oncle Lei est devenue aussi célèbre que la cathédrale de Westminster dont l'ombre humide apaisait le souvenir de la guerre de Morpeth Terrace. Sa tendresse pour moi grandissait.

– Douce, douce Alicia, approche-toi. Ton teint transparent est le reflet de ton âme. A la couleur de tes joues je lis en toi, je sais si tu es triste, heureuse, préoccupée...

– Alors, dites voir : aujourd'hui ?

– Aujourd'hui tu es gaie parce que tes amis ne sont pas encore arrivés et que tu peux bavarder seule avec moi. Est-ce que la petite péronnelle a convaincu son papa ?

– Non. Elle est folle de rage. Il ne veut rien entendre. Pourtant, elle boude depuis huit jours après avoir essayé toutes les autres méthodes.

L'oncle Lei a soupiré.

– Elle n'est pas si mauvaise, cette Lil... Son sourire ne trompe pas. Mais elle a dû prendre pour de l'amour ce qui n'en était pas.

– Vous voulez dire que son père qui la gâte ne l'aime pas forcément ?

– Est-ce impensable ?

– Moi, j'ai l'impression que mes parents ne m'aiment pas. Et ils ne me gâtent pas pour autant.

– Ils te gâtent peut-être à leur manière.

– Ma mère m'oblige à manger.

– Tu vois.

Les discussions chuchotées avec l'oncle Lei me laissaient émue et tremblante. Je n'en parlais à personne, pas même à Edmund qui s'était éloigné de moi au point que, dans la cour, il ne quittait plus la bande de garçons qui s'était attachée à lui depuis l'achat du Phantom. J'avais trouvé dans le miniaturiste un confident. Les secrets des adultes, auprès de lui, s'éclairaient lentement.

– Pourquoi les hommes vont-ils boire, au pub ?

– Pour oublier qu'ils mentent.

– Ils mentent à qui ?

– A eux-mêmes. Ils ne s'aiment pas, ils n'aiment pas leur femme, leurs enfants les agacent. Alors ils restent au pub pour oublier qu'ils font semblant, à longueur d'année, d'aimer les leurs.

– Mais alors, pourquoi se mentent-ils ?

– S'ils ne font plus semblant d'aimer, ils haïssent. Et lorsqu'ils haïssent, ils font la guerre. Le problème est qu'à la guerre ils meurent. Leur lâcheté les retient.

– Je ne peux pas croire qu'on fasse semblant d'aimer.

– Oh que si ! On le peut ! Il est même aussi rare d'aimer vraiment que de rencontrer une douce jeune fille à l'âme pure…

– Qu'est-ce qui vous dit que je ne mens pas ?

– L'éclat. L'éclat du teint. Sa transparence, tes rougeurs : autant d'indices qui ne trompent pas un bonhomme de mon âge.

J'aurais pu rester des nuits entières à bavarder avec l'oncle Lei. Lorsque j'arrivais essoufflée à la boutique je n'avais même pas pris le temps de contempler les bateaux. Je n'avais plus envie de quitter la ville où j'étais née. Mon soleil dans l'air pur des montagnes, c'était lui. J'aimais sa face rayonnante de rides et ses mains aux doigts minces, étrécis à leur extrémité comme s'ils avaient pris la forme des pinces minuscules qu'il utilisait. J'aimais le regarder travailler, j'aimais voir ses yeux se plisser jusqu'à n'être plus que deux lézardes noires dans son visage. J'aimais le ronronnement de la lampe au-dessus de sa table et la paix qui régnait dans le magasin juste avant que les premiers clients ne fassent irruption.

Lil est apparue un soir, après plusieurs jours d'absence. De voir la figurine dans la vitrine exaspérait sa colère contre son père. Elle affichait un air bougon mais, extraordinairement, souriait. Je ne l'avais pas encore remarqué : malgré sa mauvaise humeur, le sourire de Lil, indépendant du reste du visage, volait toujours avec ardeur vers ceux qu'elle rencontrait.

En y réfléchissant, je m'apercevais que pas une fois je n'avais vu Lil réellement triste. Ou, si elle l'était, elle n'en perdait pas pour autant le sourire. Peut-être ce sourire criait-il qu'elle espérait trouver, chez la première personne venue, l'attention ou l'affection ? Ainsi, cette fille que je croyais si sotte aurait détenu, elle aussi, une manière de secret ? Sans l'oncle Lei je ne l'aurais pas remarqué et je lui en étais reconnaissante : grâce à lui, me semblait-il, je grandissais, je comprenais, et le monde s'éclairait.

Il s'avançait à sa rencontre pour la saluer, à son habitude, de douces et tendres paroles. Ses yeux ne quittaient pas le sourire de Lil. L'émerveillement plissait sa peau, l'agitait de frémissements. Il vieillissait et rajeunissait en même temps. Mais alors que les secrets des adultes s'éclaircissaient auprès du vieil Asiatique, le sien propre, celui qui entourait sa personne devenait au contraire impénétrable.

Lil et moi nous nous sommes assises près de lui qui, penché au-dessus de sa table, poursuivait son travail en souriant. Le bonheur de notre présence lui faisait les joues roses ou plutôt, sur sa peau parcheminée, posait deux petites taches de couleur transparente au sommet des pommettes. Il a installé sous la lampe une figurine représentant un homme, assis, qui lisait le journal.

– C'est celui qui se trouve d'habitude sur le banc du square ? a demandé Lil.

– Oui.

– Alors elle n'est pas finie ?

– Si. Mais les figurines de cette sorte exigent un soin infini, a répondu l'oncle Lei. Tu vois bien que tu ne peux pas en acheter une. Pas à cause de l'argent. Mais parce que tu ne saurais pas t'en occuper.

– Qu'est-ce que vous en savez ? a demandé Lil sur un ton désagréable.

– Il te manque la patience, ma belle enfant. Et aussi... une qualité encore plus rare : le dévouement.

– Je vous prouverai le contraire !

– On n'invente pas l'amour par défi !

Contrarié, le miniaturiste a ôté en bougonnant le journal des mains de l'homme du square et l'a posé, plié, sur un tabouret minuscule. Puis il a mis en route une sorte de meule, a affûté un microscopique coupe-ongles. D'un doigt, il a soulevé la main de la figurine à hauteur de la loupe qu'il coinçait dans l'orbite de son œil droit lorsqu'il accomplissait des travaux particulièrement minutieux. Et il a entrepris de lui couper les ongles.

Lorsque les mâchoires de l'instrument se rejoignaient avec un claquement sec, les lèvres de l'oncle Lei se serraient comme s'il avait lui-même, de ses propres dents, rogné chaque ongle. Lil et moi, nous n'osions plus respirer. Le silence ponctué par les menus claquements des lames refermées devenait pénible.

A ce moment-là, Edmund est entré.

L'oncle Lei n'a pas levé la tête. Pourtant nous savions qu'il aimait Edmund autant que nous et que, chaque soir, il prononçait d'aimables paroles en s'avançant à sa rencontre. La mâchoire d'acier a continué de résonner dans le magasin avec une régularité de métronome. Edmund et moi nous l'avons contemplée, cloués au sol. Lil a demandé dans un souffle :

– Le petit aussi, il faut lui faire les ongles ?

– A ton avis ? a rétorqué l'oncle Lei sans interrompre son activité mécanique.

Le dernier ongle taillé, il a levé la tête et nous a dévisagés, tous les trois. Il a planté ses yeux dans les nôtres et nous avons tous trois, un instant, cru qu'il possédait trois paires d'yeux distinctes pour fixer chacun d'entre nous.

Il nous scrutait avec l'air effronté de quelqu'un qui, pris en flagrant délit d'imposture, n'en continue pas moins de mentir avec aplomb. Il a fait le tour de la table en silence et s'est dirigé vers la porte de son cabinet secret, au fond de la pièce. A mi-chemin, il s'est retourné vers nous pour lancer, d'une voix aigre et méprisante :

– Et qu'est-ce que vous savez de l'amour, vous ?

Dans la pénombre, ses yeux luisaient de l'éclat glacé des armes blanches. La terreur nous a pris en même temps. Nous avons couru vers la porte et dehors, de toutes nos forces, nous avons dévalé Vauxhall Bridge Road jusqu'au pont où nous nous sommes accrochés côte à côte, à la rambarde, comme des mouettes rescapées de la tempête au parapet d'une digue.

Longtemps, sans parler, nous avons regardé danser les réverbères dans l'eau noire. Des tourbillons devant les pilastres suçaient des branches mortes avec des bruits mous. Les sirènes des remorqueurs se plaignaient dans la nuit. Les feux verts et rouges des bateaux se balançaient au gré de la houle invisible, noyée par l'obscurité. Eux s'en allaient au large, vers la mer, l'océan...

Moi seule ai osé le dire, d'une manière biaise :

– S'il leur coupe les ongles, c'est qu'ils poussent ?

Les deux autres n'ont pas répondu. Mais je savais qu'ils savaient.

Chapitre cinq

Dès le lendemain soir, nous sommes retournés chez l'oncle Lei. Lil, plus que jamais, était décidée à obtenir le petit garçon du square. Edmund voulait lui aussi quelque chose, à toute force. Je ne savais pas exactement lequel des modèles réduits lui donnait ce regard fixe quand nous traversions la Tamise et, ensuite, tout le long du chemin jusqu'à la boutique. Il parlait sans cesse d'argent de poche. A la récréation il était venu me demander si, dans l'usine de mon père, on ne cherchait pas des jeunes pour porter les cartons. Il voulait proposer au miniaturiste de faire le ménage chez lui…

Moi je ne voulais rien obtenir, me semblait-il, de l'oncle Lei ; simplement, assise près de lui dans la pénombre autour du faisceau blanc de la lampe, l'écouter me parler de la vie, des hommes, du mensonge et de l'amour.

Chaque soir, en accompagnant Edmund et Lil, j'espérais voler quelques minutes de solitude avec l'oncle Lei tandis qu'eux deux contempleraient encore et encore, dans les vitrines, les objets de leurs rêves. Et parfois cela se produisait. Nous parlions. Existe-t-il une activité plus humaine, plus douce et réconfortante que ce papotage à mi-voix avec un être cher ? La lecture, peut-être. Le cinéma, parfois. Ou la contemplation paisible, dans un musée désert, d'un seul tableau.

De bavarder avec l'oncle Lei me consolait de tout. Je le quittais apaisée et ni les plaintes de ma mère, ni les bougonnements de mon père abattant son poing sur la table n'entamaient le contentement intérieur. J'avais même acquis assez de tranquillité pour arrêter le poignet de maman à l'instant où elle s'apprêtait à me resservir une ration de pudding.

– Mais tu n'as rien mangé. Tu maigris !

– Je ne maigris pas. Je dégonfle.

– Laissez-moi écouter, bon Dieu !

J'appréciais même les interventions de mon père.

Pendant plusieurs jours, peut-être une quinzaine,

aucun incident notable n'a troublé le cours infiniment serein et doux de mes visites à l'oncle Lei. Il travaillait à la construction de son cottage dont il assemblait les briques au ciment, à l'aide d'une truelle, réplique attendrissante des véritables truelles, et qu'il maniait à l'aide d'une pince aux extrémités recourbées et aplaties.

Je savais que Lil avait eu, devant cette maison aux murs presque achevés, une brusque inspiration et que, à l'aide d'un crochet aussi fin qu'une aiguille à coudre et d'un fil de soie, elle tissait des rideaux pour en parer les fenêtres. Elle avait aussi, pour mettre à l'épreuve sa patience, tricoté des napperons et des tapis (elle devait maintenir en travaillant ses doigts sous une énorme loupe dont elle coinçait le manche dans un tiroir).

Un matin, en arrivant au collège, j'ai compris à son sourire qu'elle avait terminé. Ce sourire ! Comment en parler ? Et mes souvenirs sont si lointains ! Mais il me semble encore sentir l'impression qu'il faisait, sur la peau. Des vaguelettes douces, invisibles, impalpables et pourtant dorées s'échappaient de ses lèvres et s'en venaient rouler, s'amollir en chuintant sur les paupières et les joues. Il réchauffait de ses rayons tièdes après un long froid. C'était un baiser aérien, le premier rayon du printemps. De la voir sourire ainsi donnait envie de sourire à son tour, et de chanter.

– Tu m'accompagneras, ce soir ?

– Tu ferais mieux d'y aller seule, tu ne crois pas ?

– Non, j'aurais trop peur. Je n'oserais pas lui demander. Je n'arrive plus à parler devant lui. Je me trouve trop bête.

Le soir lorsque je l'ai accompagnée, un sombre pressentiment retenait mes pas. Nous avons d'abord marché lentement. Lil craignait que son ouvrage ne suffise pas à contenter l'oncle Lei. Passé le pont, dans un sursaut de gaillardise elle a lancé :

– Tu vas voir, je vais le rouler, ce vieux schnock !

Elle était redevenue pour un instant la Lil arrogante et sans complexe que j'avais toujours connue. Mais quand nous sommes entrées elle a trébuché contre la marche du seuil et s'est avancée toute droite, la nuque raide, pour lui présenter son cadeau d'une main qui tremblait.

– Quelle merveille ! Quelle merveille ! s'est extasié l'oncle Lei en soulevant les pièces de tissage si fines qu'elles s'évanouissaient dans la lumière. Montre-moi ces doigts de fée !

Et malgré sa peur Lil lui a abandonné sa main, ses doigts fins et longs. Elle souriait à la manière pathétique des petites bonnes, dans les romans-photos à trois sous que nous lisions en cachette, quand elles s'obstinent à dire « Je t'aime » au fiancé trop riche qui les abandonne. Et bien que Lil m'ait toujours agacée, bien que – je peux l'avouer aujourd'hui – j'aie souffert de sa beauté, j'avais le cœur serré de la voir ainsi prête à tout pour posséder ce qui n'était encore à mes yeux qu'une poupée parfaitement reproduite.

Le regard de l'oncle Lei courait du visage de Lil aux minuscules rideaux de soie transparente. Une sorte de fatigue – celle que je lui avais vue, le soir du meeting à Morpeth Terrace – a recouvert soudain son visage. Il était vieux, de nouveau, miné par une souffrance mystérieuse.

– Que veux-tu en échange, ma déesse ?

Lil a ouvert la bouche. Mais pas un son n'en est sorti. Ce qu'elle voulait demander lui nouait la gorge. Elle n'osait plus, elle si péremptoire. J'ai eu pitié d'elle, de ses efforts de carpe.

– Elle veut la figurine, oncle Lei. Vous savez bien : le petit garçon qui pousse la brouette.

Lei Tchang s'est retourné vers moi. Mais son regard si doux s'était glacé. J'étais devenue une étrangère, une petite fille ordinaire parmi d'autres plus séduisantes. Pire : une présence importune, une mouche qu'on chasse, agacé, de la main.

– Laisse-nous, Alicia. Laisse-nous ! Lil sait parler toute seule, j'imagine ?

J'ai regardé Lil, son visage pâli ; elle a évité mon regard. Je me suis dirigée vers la porte d'un pas mal assuré. Il faisait déjà nuit. Par la vitrine j'ai jeté un dernier coup d'œil. Ils n'avaient pas bougé : Lil, avec son sourire en offrande, devant l'oncle Lei qui tenait entre ses mains ridées ses doigts de fée. Ni l'un ni l'autre n'ont pris garde à mon départ.

Je me suis mise à courir à travers Morpeth Terrace et tout le long de la Vauxhall Bridge Road. Je ne me suis pas arrêtée avant le pont. Sous mes pieds l'eau noire et ses tourbillons, aspirant tout ce que Londres déversait de déchets, de boîtes de conserve, de vieilles bouteilles et de cadavres de chiens.

A travers mes larmes les lumières s'étiraient en étoiles scintillantes. Plus rien ne me semblait beau et même les bateaux s'éloignant vers le large ne me faisaient plus rêver. Moi-même, à mes propres yeux, je n'étais plus rien. Comment avais-je pu m'imaginer, sous le regard de l'oncle Lei, différente des autres, unique, « déesse » ? Je n'étais qu'une petite sotte. A la honte d'avoir été dupe s'ajoutait l'humiliation. Comme il avait dû rire sous cape, quand je me rengorgeais devant lui ! Comme il avait dû se régaler de me voir accueillir ses compliments ! Le dégoût de moi-même me brûlait. J'aurais voulu me jeter pardessus la rambarde et me laisser engloutir par les spirales d'eau lourde et sombre, à la fois pour apaiser cette brûlure et mourir d'un coup, sans penser.

Mais la vie était trop bien accrochée en moi. Le geste de passer la jambe par-dessus le parapet était impossible à accomplir. Et si j'allais voir Edmund, parler avec lui ? Un instant j'ai eu l'espoir de trouver à son côté un réconfort. Mais il serait occupé à polir sa maquette de Phantom, à perfectionner le moteur. Je l'ai revu dans la cour, le matin même, discutant des prouesses techniques de son engin au milieu d'autres garçons... Peut-être alors pourrais-je me confier à ma mère ? J'ai imaginé la scène, elle rentrant du travail, les nerfs en pelote, le visage fermé, le poing de mon père sur la table...

J'étais seule. Je le savais depuis longtemps mais cette fois-là je le sentais jusqu'au fond. Qui m'aurait pleurée si j'avais disparu ? Lorsque je me suis remise en route, la ville entière, les bâtiments pompeux, les rues et les maisons bien rangées l'une à côté de l'autre avec leurs portes peintes de couleurs vives, leurs perrons tous semblables et leurs pétunias avaient fondu. J'avançais dans une matière grise, molle, à peine plus consistante que le *smog*.

Chapitre six

Le lendemain j'ai attendu Lil devant la grille du collège. La cloche avait déjà sonné quand elle est arrivée. Elle m'a lancé un bonjour anodin comme s'il ne s'était rien passé la veille. Nous n'avons eu que le temps de nous précipiter en classe. Je brûlais de lui demander si elle avait pu obtenir la figurine. Plus que la curiosité, la jalousie m'animait. L'idée d'une tractation secrète entre elle et l'oncle Lei me faisait trembler de dépit. Mais Lil m'évitait efficacement. Je n'ai pu, de toute la matinée, la prendre en défaut.

Elle avait changé. J'avais du mal à comprendre en quoi, mais la transformation était suffisamment nette pour que, les heures passant, l'idée de l'interroger directement m'intimide. Les yeux de Lil brillaient, aucune modification n'altérait ses traits réguliers, elle était toujours aussi jolie. Où se nichait la métamorphose ? Certes, son regard fuyait le mien dès que je m'approchais d'elle mais il lui était déjà arrivé de s'esquiver ainsi et jamais, pour autant, je n'avais eu l'impression d'un si total changement.

A la récréation, elle s'est enfermée dans les cabinets pour ne pas me rencontrer. Je n'ai pas réussi à la voir au self, je crois qu'elle n'a même pas mangé ce jour-là, qu'elle est restée cachée dans une salle d'étude ou même un placard. Le soir, à la sortie du cours, elle a prétendu que sa mère l'attendait. Je l'ai regardée partir chez elle en courant. Elle ne me fuyait pas. Elle était aspirée par sa maison.

J'ai traversé le pont puis Morpeth Terrace. J'avais abandonné l'espoir qu'Edmund m'accompagne. A peine s'il m'accordait un petit signe de la main lorsque je le croisais. Il ne me restait qu'à affronter l'oncle Lei qui m'avait trahie, jetée hors de sa boutique.

Lorsque j'ai poussé sa porte une couche de poussière inhabituelle m'a paru recouvrir les vitres, le comptoir, les casiers, et même le visage du vieil homme. Peut-être était-ce un effet de l'éclairage ? Il est venu à ma rencontre d'un pas lent, raide. Il avait du mal à plier les genoux en marchant. Je l'ai suivi jusqu'à la table où il travaillait, m'asseyant pour le regarder sur un tabouret haut.

Une figurine était étendue sur un lit recouvert d'un simple drap blanc, une sorte de lit d'hôpital. C'était l'une des femmes que j'avais vues en vitrine, poussant devant elle un landau sur l'allée du square, mais j'avais du mal à la reconnaître. Peut-être ne l'avais-je pas suffisamment observée. Je la trouvais moins réussie que les autres figurines fabriquées par l'oncle Lei. La couleur de la peau, surtout, n'était pas ressemblante ; ou plutôt elle évoquait celle des malades, grise et terne.

– Comment va Lil ? m'a demandé l'oncle Lei.

– Je ne sais pas. Elle m'a évitée toute la journée.

– Le désir de possession est un sentiment terrible...

– Que voulez-vous dire ?

– Attends de grandir un peu et tu comprendras.

– Vous avez changé, vous aussi, ai-je remarqué avec amertume.

– Pourquoi ?

– Avant, vous n'hésitiez pas à m'expliquer les choses les plus difficiles. Vous me parliez. Maintenant vous me repoussez. Je ne suis pas une gamine pourtant.

– Tu es bien jeune encore, accepte-le.

– Et vous pensez que l'intelligence grandit avec le corps ?

– Il n'est pas question d'intelligence ! a glapi brusquement Lei Tchang de cette voix de tête que je lui avais entendue quand il était très en colère. Il ne s'agit pas d'intelligence mais de dégoût !

Je me suis raidie sur le tabouret comme s'il m'avait giflée. Nous n'avons plus parlé. Je l'ai regardé déshabiller la jeune femme étendue, la baigner dans une potion transparente et ambrée qui sentait le camphre. A la différence des autres figurines, celle-ci paraissait flasque. Les membres, lorsqu'il la portait, retombaient mollement dans le vide alors que ceux des autres restaient le long du corps, ou croisés sur la poitrine. Elle était peut-être morte, ou évanouie ? Une brusque colère m'a prise de me surprendre à le penser.

« Imbécile ! Comment une figurine pourrait-elle mourir alors qu'elle ne vit pas ? »

– Cesse de te tortiller sur ton siège. J'ai besoin de me concentrer.

– Vous voulez encore que je m'en aille ?

– Ce n'est pas indispensable. Mais ne me dérange pas.

Il avait replacé la jeune femme sur le lit après l'avoir séchée dans une serviette. D'une boîte métallique, il a extrait des aiguilles si fines que j'avais, de la place où j'étais, du mal à les distinguer. Il les a plantées d'un coup sec en divers points du corps étendu. Je me suis rassurée : le vieil Asiatique jouait aux magiciens qui transpercent une poupée et prétendent agir ainsi sur une personne vivante. J'avais lu un conte dans lequel une vieille folle s'exténuait dans ce genre de pratiques mais la jeune fille qu'elle voulait atteindre s'en tirait toujours dans de grands éclats de rire et j'avais beaucoup ri en imaginant la mine dépitée de la sorcière. Ces histoires de sorcellerie n'étaient d'ailleurs bonnes qu'à effrayer les gosses. Il n'y avait pas un gramme de vérité là-dedans.

Après avoir planté les dernières aiguilles sur le front et à la racine du nez, Lei Tchang a couvert la figurine d'un plaid moelleux et s'est redressé.

– Maintenant, il n'y a plus qu'à attendre.

– Vous faites de la magie noire, oncle Lei ? lui ai-je demandé d'un air moqueur.

– De l'acupuncture, a-t-il corrigé gravement.

– Qu'est-ce que c'est ?

– Une très ancienne médecine chinoise.

Décidément, il était fou. Le soupçon que Lei Tchang ait la cervelle dérangée ne m'avait pas encore effleurée. Pourtant, cela sautait aux yeux. Il coupait les ongles de ses figurines pour nous persuader qu'ils poussaient et nous terroriser. Il prétendait les soigner grâce à une médecine chinoise... En réalité, il débloquait complètement, j'en étais maintenant tout à fait convaincue, et du coup j'éprouvais pour lui une tendresse encore plus forte, celle qu'on a pour les êtres faibles et sans défense.

– Ah ! son état s'améliore, a remarqué avec soulagement l'oncle Lei, quelques minutes plus tard, en se penchant sur sa jeune « malade ».

Effectivement les joues avaient repris quelque couleur, la peau retrouvait un peu d'éclat. Mais tout de même, il y allait un peu fort : il s'imaginait que j'allais gober ses sornettes ? Il avait tout simplement injecté grâce aux aiguilles un peu de rouge, un peu d'ocre dans la matière de la poupée, de sorte que son teint rappelât plus exactement la peau humaine. Quant à l'avoir « guérie »... A d'autres !

Edmund est passé ce soir-là. Les figurines ne l'intéressaient pas, lui. A peine s'il a jeté un coup d'œil à la jeune femme étendue. Après avoir salué respectueusement Lei Tchang d'une brève inclinaison du buste, les deux mains jointes devant la poitrine, il s'est avancé vers les étagères éclairées et protégées par une vitre sur lesquelles se trouvaient les avions de guerre. Tout en l'observant – j'avais envie de savoir quel modèle, précisément, lui faisait envie – je me suis demandé si Edmund n'était pas devenu, lui aussi, un peu fou. Cette manière de reproduire le salut asiatique ici, en plein cœur de Londres, est-ce que ça n'était pas bizarre ? Ou alors il fallait admettre qu'il entretenait avec l'oncle Lei des relations particulières ? Qu'ensemble ils pratiquaient une sorte de religion ? Peut-être Lei Tchang avait-il entraîné mon ami dans une secte ? Mais quand se rencontraient-ils ? J'étais toujours la première à pénétrer dans la boutique, le soir à la fin des cours. Se voyaient-ils à d'autres moments ? le dimanche ? la nuit ? Et pour quoi faire ?

En d'autres temps, Edmund m'aurait tout raconté. Mais il était ailleurs maintenant. Il donnait même l'impression de ne plus être vraiment présent. J'aurais pu dire, si cette étrange et pesante atmosphère de mystère n'avait régné dans l'entourage du miniaturiste, qu'Edmund était « dans la lune ». Mais le terme approprié dans les circonstances troubles que nous vivions était plutôt « possédé ». Edmund était possédé. L'étrange remarque de l'oncle Lei, quelques heures auparavant, sur le « terrible désir de possession » m'est revenue en mémoire. Avait-il voulu suggérer que ceux qui veulent posséder sont possédés à leur tour ? S'agissait-il d'illustrer le proverbe : « Tel est pris qui croyait prendre » ?

Je suis descendue de mon tabouret pour m'approcher d'Edmund sans qu'il me remarque. Craignant qu'il ne saisisse mon reflet dans la vitre je progressais vers lui en crabe. Sur quel modèle ses yeux restaient-ils fixés ? C'était, sans doute possible, l'un des deux avions posés sur la plus haute étagère. Lequel ? Quand j'ai été tout près de lui j'ai tenté ma chance et demandé à voix basse :

– C'est le B 52 qui te fait envie ?

– Oui, a répondu Edmund d'une voix rauque sans détacher son regard du bombardier.

Puis il a ajouté, toujours absent, aspiré par son rêve :

– Celui-là transporte de vraies bombes.

Un frisson m'a électrisé l'échine. Oui, sans doute possible, l'esprit d'Edmund était dérangé. Lui, le seul que j'aimais, dont je rêvais la nuit, dont je m'évertuais à reconstituer lorsque je ne le voyais pas les gestes, les occupations ; lui que je me contentais maintenant de contempler de loin, dans la cour, au milieu des autres garçons braillards et brutaux, lui que j'aimais d'amour était « possédé ».

Je me suis retournée vers l'oncle Lei. Tout le mal venait de lui. Qui était-il, au juste ? D'où venait-il ? Où vivait-il avant de s'installer rue Ambrosen ? Qu'était-il venu faire parmi nous ? du mal ? du bien ? A le voir s'occuper, avec des gestes de maman, de ses poupées miniatures, comment croire qu'il fût mauvais ?

– Approche-toi, belle Alicia. Viens voir ton vieil oncle Lei. Tu es préoccupée, je le sens.

Je me suis reculée. Il croyait me prendre encore au piège de ses flatteries ? Il voulait me « posséder » à mon tour ? Malgré mon regard furieux il souriait, impassible. Ses mains tendues venaient à ma rencontre. Il a avancé de quelques pas dans ma direction. Je ne voulais pas céder mais j'avais tellement souffert de l'indifférence. Je ne pouvais pas résister à la tendresse.

Il m'a prise contre lui, posant ma tête au creux de son cou, caressant mes épaules, murmurant des mots apaisants dans sa langue à lui que je ne comprenais pas. Entre ses bras mes craintes, mes doutes, mes terreurs se sont évanouis. Je n'avais plus contre moi qu'un aimable grand-père au cœur généreux.

Je suis restée encore un moment dans la boutique à danser d'un pied sur l'autre. J'attendais qu'Edmund manifeste son intention de partir. Alors nous aurions fait le chemin ensemble et peut-être, lorsque nous nous serions arrêtés près du pont, m'aurait-il confié ses soucis. Mais Edmund ne se détachait pas de cette fichue vitrine où trônait l'ignoble bombardier. L'oncle Lei rangeait ses outils. Il allait fermer la boutique et j'avais peur qu'il me demande de partir. Je préférais le faire de ma propre initiative. J'ai lancé d'un ton faussement détaché de sorte qu'Edmund m'entende :

– Bon, je m'en vais !

Il a répondu simplement :

– Au revoir.

– A demain, ma déesse, a murmuré le vieil homme.

A l'angle de la rue Ambrosen et de Morpeth Terrace, je me suis cachée derrière un arbre. De là, je pouvais observer la boutique sans être vue. Je n'ai pas eu à patienter longtemps. Edmund est sorti, suivi du miniaturiste qui a baissé le rideau métallique et l'a soigneusement verrouillé. Ils sont partis l'un derrière l'autre, à petits pas, en remontant la rue Ambrosen. J'aurais pu les suivre si j'avais eu l'âme d'un détective. Mais j'aurais trahi l'intimité d'Edmund, sali mon amour. Je suis rentrée.

Un message de Lil m'attendait dans la boîte aux lettres. Je ne saurais vous en rapporter précisément le contenu. Tant d'années, depuis, ont passé ! Mais surtout, à partir de ce soir-là, encore précis, où Edmund et Lei Tchang ont disparu dans la rue Ambrosen, mes souvenirs se brouillent. J'en garde l'impression d'une tornade couleur de feu dans laquelle se seraient fondus et les jours et les événements successifs. Je me souviens seulement que dans cette missive, assez brève mais désespérée, Lil me suppliait de venir dès le lendemain chez elle, à une certaine heure où ses parents seraient absents.

Chapitre sept

Elle habitait dans un quartier éloigné du nôtre, une sorte d'immense parc semé de vastes demeures. Une bonne, coiffée d'un ridicule bonnet de toile blanche, est venue ouvrir. Elle appelait Lil Mademoiselle, ce détail m'a frappée.

– Je vais prévenir Mademoiselle.

Pendant son absence j'ai jeté un coup d'œil dans le salon dont la porte était entrouverte. Des meubles sombres, de lourds rideaux, une accumulation confuse de bibelots, statuettes, coffrets, têtes de cerfs empaillées, l'encombraient. L'ensemble donnait une impression pénible de mauvais goût et d'exhibition. Ces gens-là faisaient étalage de leurs biens, les offraient aux regards avec une précipitation désordonnée.

– Mademoiselle est dans sa chambre. Elle va vous recevoir. Vous pouvez monter.

Un tapis épais recouvrait les marches. Les pas s'y étouffaient. Une seule porte, dans le long couloir, était entrouverte. C'était celle de Lil. Elle a cédé sans bruit sous la poussée. La pièce était plongée dans l'ombre. Lil avait tiré les rideaux et se tenait debout, les bras le long du corps, les mains ouvertes et les doigts écartés, désemparée.

– Pourquoi tu n'ouvres pas, Lil ? Il fait beau, dehors.

– Tom fait la sieste, a chuchoté Lil.

– Tom ? Qui est Tom ?

– Le petit garçon du square.

– Alors il t'a donné la figurine ?

– Échangée, oui.

Je me suis avancée dans la chambre. Derrière moi, Lil protestait à voix basse :

– Marche doucement ! Il dort !

– Mais je ne fais pas de bruit, Lil. Qu'est-ce qui se passe ici ?

– Il dort ! a-t-elle répété d'une voix sourde mais chargée de colère, ou de terreur, d'émotions brutales et incohérentes.

Malgré moi un gloussement m'a échappé. Décidément ils étaient tous devenus fous ? Après

Edmund et Lei Tchang je découvrais que Lil, elle aussi, perdait la tête.

– Il dort ! Mais ce n'est qu'un morceau de plastique et de tissu, Lil !

– Non, justement…

Pendant un long moment j'ai attendu qu'elle poursuive. Elle vissait en silence la pointe de son pied dans la laine épaisse du tapis. J'étouffais dans cette pièce obscure.

– Justement quoi ?

– Il est vivant. Tom, il est vivant.

J'ai éclaté de rire. Je savais bien que je n'aurais pas dû mais c'était plus fort que moi. Je m'époumonais à rire, je m'en écorchais la gorge ! Il fallait crever cette touffeur accablante, ouvrir ces rideaux, respirer ! Lil m'observait avec fureur.

– Tais-toi ! Tais-toi ! Tu vas le réveiller !

Sa colère et son inquiétude étaient vraies. Je me suis approchée, penchée… La figurine reposait, les yeux fermés, dans un berceau pas plus grand qu'un livre de poche.

Eh quoi ? Des poupées dont les yeux se ferment quand on les couche, on en avait vu d'autres, non ? Où voyait-elle un signe de vie ?

– Lil, ressaisis-toi. Ton imagination te joue des tours. Ce n'est qu'une reproduction, parfaite évidemment…

– Ça suffit !

Lil avait bondi et ouvert d'un coup sec les rideaux. Un gémissement a ponctué le long crissement des anneaux sur la tringle. Des pleurs étouffés, des sanglots de gorge qui semblaient venir de très loin ont traversé l'air ouaté. Sur l'oreiller le visage restait impassible, les traits fixes, les yeux fermés. La peau de l'enfant avait cette couleur grise que j'avais vue chez la jeune femme que soignait Lei Tchang. Pourtant dans la vitrine, lorsque Lil me l'avait montré, poussant sa brouette, j'avais été frappée par la justesse des coloris de son teint. Malgré moi j'ai demandé :

– Il est malade ?

– Il ne supporte pas d'avoir été séparé de sa mère. Lei Tchang m'avait prévenue…

– Sa mère, dans le square, c'était la jeune femme avec un landau ?

– Je crois, oui. Lei Tchang n'a pas voulu me le dire.

– Il faudrait le lui ramener. Il va le soigner.

– Il ne voudra pas. Lorsqu'il me l'a… troqué… J'en suis responsable maintenant.

– Troqué ? Troqué contre quoi ?

– Les rideaux ! a lancé Lil précipitamment.

Je l'ai regardée dans les yeux. Elle mentait. Lil avait sans doute pas mal de défauts, comme chacun d'entre nous, à commencer par sa sotte prétention. Elle était capable de faire sa coquette, de jouer, de séduire. Mais le véritable mensonge, celui proféré par la bouche, avait du mal à franchir ses lèvres. Elle fixait bêtement le bout de son pied, puis contemplait tout aussi stupidement le plafond.

– Tu mens !

Elle a éclaté en sanglots. Je n'avais pas voulu lui faire de peine, seulement savoir la vérité. Je l'ai prise dans mes bras, serrée fort contre moi.

– Lil, ne pleure pas. Je vais t'aider, ne crains rien. Nous avons tous un peu perdu les pédales. On va aller faire un tour dans le parc, papoter toutes les deux tranquillement. Tu vas voir, après ça ira mieux.

– Non ! impossible ! gémissait Lil à travers ses larmes.

– Tes parents ne te donnent pas la permission de sortir ?

– Mais non ! C'est Tom... Je ne peux pas le laisser seul !

– On va l'emmener...

– Mais tu es folle ! Tu ne vois pas qu'il est malade ? Tu ne vois pas qu'il va mourir ?

Elle criait, les bras au ciel. Je me suis brusquement souvenue de la chienne des voisins, quand ils lui avaient noyé ses petits. Elle s'était mise à hurler le cul sur la pelouse, le museau levé comme si elle s'en prenait à la lune, au ciel, aux étoiles, au monde entier. Ça avait duré des jours et des nuits.

Lil s'est jetée en travers du lit, le dos contracté de spasmes. Qu'est-ce que je pouvais faire pour elle ? Qu'est-ce que j'aurais bien pu inventer ?

Je me suis approchée du berceau. Pour moi, la figurine ne vivait pas. Mis à part ce teint gris qui pouvait fort bien s'expliquer par une altération du plastique ou je ne sais quel phénomène chimique, il n'y avait aucune raison de croire qu'une âme palpitât dans ce corps minuscule. Ces sanglots étouffés que j'avais entendus venaient peut-être d'une autre pièce, d'une des femmes qui faisaient le ménage et la cuisine ou de Lil, tout simplement...

Je me suis assise à côté d'elle, caressant son dos sans rien dire. Je ne pouvais pas l'aider. Edmund non plus. Je me sentais impuissante et stupide de ne pas comprendre ce qui troublait à ce point mes amis. Je suis restée avec elle jusqu'à ce que le soir tombe.

Parfois je croyais percevoir ces gémissements lointains que Lil attribuait à Tom. Mais dès que je prêtais l'oreille je ne les entendais plus. Je rêvais, sans doute. J'hallucinais, à mon tour.

Le chagrin de Lil ne s'apaisait pas. On aurait dit

qu'elle avait, si jeune encore, des années et des années de douleur à vider. Il se faisait tard.

– Je vais partir, Lil.

Elle s'est redressée et assise au bord du lit, les yeux rouges et bouffis, les joues zébrées de traces humides. C'est à ce moment-là que je m'en suis aperçue : son sourire avait disparu. Mais qui aurait songé à sourire en pareille circonstance ?

– Merci, Alicia, merci d'être venue.

– A demain, Lil. Et ne t'inquiète pas pour Tom. Il va se remettre, sa maman va déjà mieux…

– Sans doute… a murmuré Lil en essuyant ses larmes. Peut-être…

J'aurais dû dès lors cesser d'aller chez l'oncle Lei, chercher quelqu'un à qui tout raconter. Mais qui m'aurait crue ? Qui ne m'aurait, d'un index vissé à la tempe, rétorqué que j'étais complètement cinglée ? Moi-même, lorsque je parlais à Lil de sa figurine en utilisant les termes réservés d'ordinaire aux êtres vivants, je m'entendais avec stupéfaction.

Et lorsque j'y repensais la honte m'envahissait. Alors je m'inventais de bonnes excuses : je ne voulais pas blesser mon amie. Elle m'assurait qu'il respirait, soit. Je faisais semblant de croire à ses folies pour mieux l'aider… Pourtant, de moi à moi, je devais bien admettre que, lorsque je tentais de comprendre la maladie de Tom, lorsque j'envisageais sa guérison, je ne jouais pas la comédie. Sans doute qu'au fond j'étais devenue folle, comme eux.

Lorsque le soir je quittais en courant le collège, je n'allais plus chercher auprès de Lei Tchang la compréhension et la tendresse. Une irrésistible curiosité me poussait maintenant vers sa boutique. Je voulais percer le secret des figurines vivantes, être l'héroïne qui sauve ses amis… Être comme au collège la première, celle qu'on félicite, qu'on montre en exemple, la bonne petite si appliquée, si intelligente !… La première à comprendre ce que Lil avait « échangé » avec le miniaturiste contre Tom. Les cinq pièces au crochet n'avaient sûrement pas suffi.

– Bonsoir, belle Alicia au teint de rose, me disait l'oncle Lei.

Il posait sa main sur ma joue. Et malgré mes soupçons, malgré la peur, je ne pouvais me retenir d'aimer la juste chaleur de sa main. J'avais envie de rester là près de lui, dans cette tiédeur, sans bouger ni, surtout, réfléchir. Lorsque je repartais je n'avais toujours pas posé la question, la seule dont la réponse m'intéressât vraiment.

Un soir il a fermé à clé la porte de sa boutique et

m'a emmenée chez lui. Un escalier raide qui donnait dans l'arrière-cour conduisait à son appartement. Dans le deux pièces peint en blanc il n'y avait rien sauf, à terre, une natte de paille tressée.

– Assieds-toi, ma déesse.

Les volets étaient clos. Des stores de toile blanche masquaient les fenêtres. Dans un angle, devant une sorte de maison sans façade présentant seulement un toit doré et des murs peints en rouge, pourvus de minces étagères, une bougie brûlait. Sur une coupelle devant la maison, deux pommes, une branche d'herbe sèche et odorante. Sur les étagères un anneau de jade, trois grains de riz, une petite poule en verre filé suivie de sept poussins.

Lorsque l'oncle Lei portant un plateau sur lequel étaient disposées la théière et deux tasses est revenu, je lui ai demandé en désignant d'un mouvement de menton la maison :

– Qui est-ce ?

Ses rides se sont mises à trembler et des larmes ont gonflé ses paupières. Il a posé le plateau sur la natte et s'est immobilisé, la nuque lourde, les mains à plat sur le sol, peinant à conserver son équilibre.

– Qu'est-ce qui te fait dire que c'est quelqu'un ?

– L'anneau, les grains de riz, la branche sèche… Ce sont des souvenirs ?

– Bois ce thé, a murmuré l'oncle Lei. Ici en Angleterre vous ne savez pas le préparer. Normal, vous ne le cultivez pas, vous le volez.

– On le vole ?

– Bois. Tu comprendras plus tard.

– C'est trop chaud.

– Prends-le entre tes mains, respire le parfum, attends qu'il refroidisse.

Aucun bruit, pas même le chuintement des pneus sur l'asphalte mouillé ne parvenait jusqu'ici. Une paix terrible, un silence qui laissait s'épanouir les pensées les plus inavouables régnait dans l'appartement.

– Tes mains tremblent, déesse. Repose ta tasse, a remarqué sans amabilité le vieil homme.

– Tu me fais peur, oncle Lei.

– On ne tutoie pas les morts, princesse… Mais tu as peut-être raison. Qui sait si je suis encore vivant ?

– Toi.

– Non.

– Alors qui ?

– Tu poses trop de questions, Alicia.

– Tom va mourir.

– On ne possède pas impunément.

– Qu'est-ce que tu veux dire ?

– Tu trouveras toute seule.

– Pourquoi refuses-tu de m'expliquer ?

– Bois ce thé. D'où vient le thé ?

– D'Inde.

– En partie. Qui cultive le thé, qui le plante, qui le soigne ?

– Les Indiens.

– Comment trouves-tu ce thé ?

– Délicieux.

– Tu as déjà bu un thé aussi bon que celui-là ?

– Non.

– Pourtant je l'achète au drugstore, comme ta mère. Pourquoi ta mère ne sait-elle pas préparer le thé ?

– Elle le fait parfaitement.

– Non. Parce qu'elle ne serait même pas capable de reconnaître l'arbuste qui le produit. Et pourquoi le thé est-il la boisson nationale de l'Angleterre alors que vous n'êtes même pas fichus de distinguer un théier d'un hibiscus ?

– Je ne sais pas.

– Réfléchis, Alicia. Tu as tellement de choses encore à découvrir.

– Explique-moi à la fin !

– Expliquer ne sert à rien.

Nous avions parlé très vite, nous lançant les répliques à la tête, l'un et l'autre pris par une colère souterraine. Nous sommes redescendus. Une lumière filtrait sous la porte de l'atelier que l'oncle Lei avait appelé le « cabinet de Barbe-Bleue ». Je ne voulais pas le quitter sur l'impression pénible que nous étions fâchés. J'ai demandé gentiment :

– Tu vas travailler là-dedans, ce soir ?

– Oui.

– Est-ce que j'aurai un jour le droit d'y entrer ?

– J'espère que ce jour-là n'arrivera jamais, ma déesse.

– Pourquoi ?

– Parce que je t'aime comme j'aimais ma petite-fille.

Il s'est tu un moment, ses deux mains sur mes épaules, avant d'ajouter :

– Elle te ressemblait. Trop curieuse, comme toi.

– Est-ce que Tom va mourir ?

– C'est probable.

– Tu vas le laisser mourir ?

– Il ne m'appartient plus.

J'ai ouvert la bouche pour lui demander contre quoi il l'avait échangé. J'étais venue pour ça, précisement, comprendre pourquoi Lil avait dit « troqué » et pas vendu. Au dernier moment je n'ai pas pu. Mes lèvres se sont ouvertes, refermées. J'ai préféré biaiser.

– Pourrais-tu me donner un peu de ce médicament dans lequel tu as baigné la mère de Tom ?

– Sa mère ? Une figurine n'a pas de mère ! Un créateur tout au plus !

– Donne-moi le médicament s'il peut guérir Tom.

– Ce n'est qu'un peu d'eau tiède.

– L'eau n'a pas cette couleur ni cette odeur. Tu mens toi aussi. Comme Lil. A demain, oncle Lei.

– A demain ma déesse. La vérité tue, mais par bonheur tu ne le sais pas encore.

Sur le seuil, à l'instant de sortir, je me suis retournée.

– Est-ce que tu crois qu'Edmund m'aime ?

– Pas vraiment. Il ne vit pas dans ce monde-ci.

– Et mes parents ?

– A leur manière.

– Et toi ?

– Oui.

J'étais dehors sur le trottoir, dans la nuit obscurcie de brume. Je n'avais pas quinze ans, je ne savais rien du monde, pas même pourquoi mes compatriotes buvaient du thé. Qu'est-ce que je pouvais comprendre ? Mes mains vides s'ouvraient devant moi, se tendaient toutes seules. Je marchais en aveugle et l'esprit enfiévré.

Chapitre huit

Il s'est passé encore plusieurs jours, me semble-t-il, sans événement notable ; tout au plus un brouillard de sensations diffuses, de détails accumulés. Pardonnez-moi l'imprécision de ce récit. Mais je crois pouvoir dire que, pendant toute la période où Tom a été au plus mal, au point que Lil a cru le perdre, nous étions tous, nous aussi, malades.

C'était une étrange affection. Nos yeux luisaient de fièvre mais nous n'avions pas de température. Nos jambes, sans raison apparente, refusaient de nous porter. Des migraines nous lardaient le crâne d'éclairs et aucun médicament n'en venait à bout. Nous n'aurions pas été capables de répondre à ces questions élémentaires : rêvions-nous ou étions-nous éveillés ? Les figurines vivaient-elles ou non ? Étions-nous fous ou parfaitement sains ?

A la sortie des cours, plusieurs soirs de suite, je ne me suis pas rendue chez l'oncle Lei mais chez Lil. Avec elle je veillais Tom. Parfois, m'arrachant brusquement au cauchemar, je nous voyais toutes les deux au chevet de cette figurine de plastique. Alors je me disais qu'effectivement nous avions basculé de la réalité banale dans un conte sinistre. Mais parfois un vagissement lointain, monté d'on ne sait où, nous rappelait la souffrance de Tom. Nous nous penchions sur son visage gris, posions le bout d'un doigt sur son front brûlant et l'angoisse de ne pouvoir le guérir nous prenait à la gorge.

Lil ne souriait plus. Depuis que Tom était entré dans sa maison son merveilleux sourire avait disparu. Lorsque la nuit me contraignait à rentrer chez moi et que Lil se levait pour me raccompagner, ses yeux s'éclairaient. Ses lèvres semblaient vouloir pousser devant elles, comme avant, des ondes de joie douce.

– Alicia, merci. Je n'oublierai jamais ce que tu fais pour moi.

– A demain, Lil. Tâche de dormir. Essaye de travailler un peu. J'ai laissé sur ton bureau mes notes pour la dissertation. Tu n'as plus qu'à rédiger.

– Quelle importance, les cours ?

– Lil, ressaisis-toi ! Tu sais qu'au collège ils ne badinent pas. Ils te mettront à la porte si tu ne rends plus les devoirs.

– Je vais essayer…

Elle me serrait contre elle, me contemplait avec, dans le regard, une petite flamme de reconnaissance. Mais ses lèvres restaient fixes.

Un soir en quittant sa maison j'ai eu la surprise de trouver Edmund à la grille du parc.

– Je t'attendais.

– Tu savais que j'étais chez Lil ? Tu m'as suivie ?

– Non, j'ai demandé aux autres de la classe.

Nous avons marché ensemble sous les arbres de l'avenue. Edmund avait encore quelque chose à me demander. Qu'il soit venu m'attendre uniquement parce qu'il avait besoin de moi et non par amour, ou même seulement par tendresse, m'emplissait de colère et de dépit. Avant que le délire de posséder ces détestables avions de guerre ne s'empare de lui, jamais il n'aurait fait auprès de moi une démarche aussi tortueuse. Je l'ai regardé de biais. Il m'a paru sale, les cheveux gras et le col douteux, lui si soigneux autrefois. Quand nous avons traversé le boulevard qui séparait les quartiers chics des nôtres, Edmund s'est enfin décidé à parler.

– Lil a réussi à obtenir la figurine ?

– Pour son malheur, apparemment.

– Contre quoi l'a-t-elle troquée ?

- Elle a fait les rideaux du cottage.

Sans doute aurais-je dû confier à Edmund mes soupçons, lui dire qu'il me paraissait peu vraisemblable que quelques pièces au crochet, aussi parfaites fussent-elles, aient suffi à payer la figurine. Mais je n'en ai rien soufflé et il me semble même avoir suggéré à Edmund :

– Si tu proposais à oncle Lei de monter des maquettes, ou de bricoler des moteurs, ou… enfin je ne sais pas, moi. Tu dois bien trouver quelque chose à échanger.

– Je suis quand même étonné que Lil ait pu avoir la figurine pour si peu : deux paires de rideaux, trois napperons… Et ça a suffi ?

– Oui, ça a suffi.

Je savais, en prononçant cette dernière phrase, que je mentais. Qu'importait maintenant ? Edmund ne m'avait-il pas, lui aussi, trahie ? J'avais le pressentiment que le don de Lil avait au contraire été considérable, à la mesure de la valeur d'une figurine vivante. Mais il ne me déplaisait pas qu'Edmund se lance à son tour dans ce marché de dupes. Je me vengeais de son indifférence. Je me vengeais de lui qui revenait vers moi uniquement par intérêt.

A mesure que nous approchions de nos maisons jumelles nos pas ralentissaient. Edmund s'est arrêté. La surface de ses yeux semblait calme. Une gravité particulière imprégnait ses gestes. Il a passé ses bras autour de mon cou. Mon cœur se débattait dans des tourbillons d'émotions contraires. J'avais l'impression d'avoir, enfermé sous les côtes, un petit chat sauvage qui cherchait à sortir. Mes joues brûlaient.

– Alicia…

– Oui.

– Tu m'en veux ?

– Oui.

– Ce n'est pas ma faute... C'est une force du dedans… quelque chose qui m'emporte… Mais je sais que toi et moi…

Les vapeurs d'orage ont envahi son regard. Des lames violettes s'y tordaient. Ses bras sont retombés sans force le long de son corps. Nous nous sommes remis en marche, quelques minutes, jusqu'à sa porte.

– On se retrouvera peut-être, Edmund.

– J'espère.

J'ai posé ma joue en feu contre sa poitrine glacée. Ses bras se sont refermés sur moi, mus par une impulsion mécanique, et il m'a serrée. Sans chaleur.

Lil n'est pas venue au collège, le lendemain. Edmund se tenait toujours au milieu du troupeau des autres garçons, raide, le regard fixe. Nous ne nous sommes pas parlé. Je n'ai pas tenté de l'aborder. Le soir j'ai couru chez Lil. Ce n'est pas la bonne qui m'a ouvert mais mon amie. Elle m'attendait derrière la porte. Elle m'a empoigné aussitôt le coude et poussée dans le couloir jusqu'à sa chambre. Elle ne marchait pas, elle courait par bonds brisés. La figurine reposait toujours dans le berceau, immobile. Les joues avaient repris quelque couleur.

– Il va mieux, Lil. Qu'est-ce qui t'inquiète ?

– J'ai peur qu'on me vole Tom, tu comprends ? J'ai peur que mes parents s'aperçoivent qu'il est vivant. Qu'on me le tue... J'ai peur...

– Mais non. Ne crains rien. Moi-même je ne suis pas sûre qu'il soit vivant. Personne ne peut s'en apercevoir.

– Si...

Elle a remarqué la porte entrouverte et s'est précipitée pour la refermer, restant un moment l'oreille contre le bois à écouter les bruits du couloir.

– Les bonnes... Quand je ne suis pas là elles entrent... Je ne peux plus m'absenter, tu comprends. Je suis obligée de rester avec lui.

– Enfin, Lil ! Le collège ! Tu ne peux quand même pas mettre ton avenir en jeu pour une marionnette !

– Tais-toi ! Il va t'entendre !

Elle jetait autour d'elle des regards égarés, tendait l'oreille. La pluie fouettait les vitres, les branches secouées par le vent gémissaient, des aboiements de chiens résonnaient dans le lointain, ponctuant le ronflement sourd de rares automobiles.

– Est-ce qu'il parle ?

Elle a secoué négativement la tête et s'est laissé tomber à genoux sur le tapis. Je me suis accroupie près d'elle, désolée de la voir dans cet état, contemplant ses épaules secouées par des sanglots muets qu'aucune parole, aucun geste d'amitié ne pouvait apaiser. Elle m'a fait signe d'approcher encore et m'a soufflé à l'oreille :

– Il me parle avec ses yeux... Il me menace... Il veut retrouver sa mère. Il dit qu'il va nous rendre fous, mes parents et moi. Qu'on n'aura plus rien, que mon père sera ruiné, qu'il faudra quitter la maison... Il dit qu'il va nous jeter un sort si je ne le rapporte pas.

– Rapporte-le.

– L'oncle Lei l'a interdit ! C'est à moi de m'en occuper pour toujours. Il ne le reprendra jamais. Puisque j'ai voulu l'avoir, c'est à moi de le garder !

Et d'une voix encore plus basse, elle a ajouté :

– Il faudrait le tuer mais je n'ose pas... Ce serait un meurtre, n'est-ce pas ?

J'ai secoué vigoureusement la tête. Le mot meurtre m'épouvantait. Le souvenir des chasseurs qu'Edmund dirigeait sur les yeux des spectateurs à Morpeth Terrace m'a traversée violemment. Et son visage de mort, éclairé par la lueur de la boîte... Lil, Edmund, seraient-ils en quelques semaines devenus des meurtriers ? Non ! Je délirais à mon tour ! Nous n'étions que des enfants ! Nous étions innocents ! Mais tout était si opaque autour de nous maintenant, si terrifiant ! Et qui pouvait prévoir ce qui se passerait si Lil jetait Tom à la poubelle comme une vulgaire poupée ?

Le responsable, c'était Lei Tchang ! Il fallait que je lui arrache son secret, de gré ou de force, que je comprenne ce qu'il avait fait à mes amis, et alors tout rentrerait dans l'ordre. La guerre, la maladie ne seraient plus que d'affreux souvenirs qu'un printemps suffirait à effacer. Edmund et Lil seraient sauvés ! Grâce à moi !

Au crépuscule je l'ai quittée en courant. Sous les arbres de l'avenue, dans le vent furieux, l'esprit de Tom me poursuivait. La nuit entière je l'ai passée à me débattre contre des cauchemars. Les figurines de l'oncle Lei s'étaient levées en armée vengeresse. Elles nous reprochaient violemment de les avoir prises pour des poupées. Elles s'étaient faufilées dans le collège à l'insu du concierge et, aussitôt arrivées dans la cour, s'étaient rangées en bataillons. Les modèles réduits de bombardiers et de chasseurs formaient devant elles un rempart de fer et de feu.

En face : nous les collégiens, avec nos mains vides contre nos cuisses. Tous ceux qui avaient fréquenté la boutique de la rue Ambrosen. Tous ceux qui avaient supplié leurs parents de leur donner l'argent pour acquérir une miniature. Tous ceux qui avaient joué à la guerre. Toutes celles qui avaient voulu jouer à la maman avec une apparence d'enfant qu'on peut prendre et jeter à sa guise. Tous ceux qui avaient voulu posséder.

A un signal les avions décollaient et aussitôt c'était la guerre, la sale plaisanterie de Morpeth Terrace qui recommençait. Sauf que les morts étaient réels. Les cadavres de mes camarades jonchaient la cour. Les figurines dansaient dans le sang des morts. Je me suis réveillée en sueur, étouffant sous le poids d'une faute irréparable. Pendant une petite heure, en retrouvant la réalité, l'odeur du café, des toasts, la voix de ma mère, j'ai connu un léger répit.

Mais, en pénétrant dans la cour du collège, j'ai compris que je n'y échapperais plus. Un attroupement s'était formé. Il n'y avait pas que les garçons. Les filles aussi, toutes les filles et tous les garçons de toutes les classes étaient massés autour d'Edmund.

– Il a eu un B 52 ! a crié quelqu'un en me voyant approcher.

Je me suis souvenue aussitôt d'Edmund murmurant l'air égaré, devant la vitrine où il contemplait son rêve : « Celui-là transporte de vraies bombes », et la panique m'a prise à la gorge. J'aurais voulu avertir les autres ; qu'ils partent, qu'ils s'enfuient ! Mais qui m'aurait crue ? Je me suis contentée de lancer en courant vers la sortie :

– Attention ! C'est dangereux !

Personne ne m'a entendue. Le B 52 a décollé au-dessus des têtes. Les graves professeurs et les surveillants eux-mêmes ont accouru pour admirer le phénomène. Lorsque sont tombées les premières billes explosives, les plus jeunes élèves se sont enfuis en criant. Mais ils riaient encore. Ils croyaient encore à une blague. Le directeur, irrité par ce désordre, s'époumonait dans un sifflet mais les déflagrations qui se succédaient à un rythme rapide recouvraient la faible stridulation.

Le petit avion rugissait au-dessus des têtes, traversait toute la longueur de la cour en quelques secondes, pourchassait les groupes d'élèves qui couraient devant lui en zigzag. Des ordres, des appels, des cris rebondissaient entre les murs. Des professeurs dévalaient les escaliers pour venir à la rescousse du directeur, des élèves, en sens inverse, couraient s'abriter dans le bâtiment, une cohue tumultueuse encombrait les portes.

Tout s'est passé très vite. Un professeur s'élançait vers Edmund pour lui arracher des mains la télécommande. Aussitôt après une déflagration terrible dont le souffle a projeté le directeur en arrière, le goudron de la cour s'est enflammé. Plusieurs élèves, plus proches que les adultes du point d'impact, sont tombés à la renverse en se tenant les jambes à deux mains. Des hurlements, non pas de peur comme ceux que nous avions entendus sur la pelouse de Morpeth Terrace, mais de douleur, ont dominé les cris, les glapissements, les appels et les pleurs. Après un long temps de stupéfaction impuissante un surveillant a bondi, ceinturant Edmund. Le B 52 s'est écrasé sur le mur du gymnase dans une gerbe de feu. Une voix suraiguë criait :

– Incendie ! Pompiers !

Des adultes couraient en tous sens. Je ne regardais qu'Edmund. Le boîtier de la télécommande pendait à sa main. L'épuisement le faisait vieux, avec des rides aux commissures des lèvres dans son visage d'enfant. Il a relevé la tête et j'ai croisé son regard. Ses yeux étaient blancs.

L'urine s'est mise à couler, tiède, contre ma jambe qui tremblait ; j'ai regardé la flaque à mes pieds. Edmund s'est détourné. Le professeur de gymnastique et un autre adulte – j'ai oublié lequel – ont empoigné Edmund chacun sous une épaule et l'ont traîné dans les bureaux de l'administration. La porte du hall s'est refermée sur eux. Je ne devais plus le revoir avant des années.

J'ai profité de la panique pour m'enfuir. Les grilles du collège étaient restées grandes ouvertes et le concierge avait quitté sa loge. Je ne crois pas m'être arrêtée avant la boutique. Pour la dernière fois j'ai poussé la porte. L'oncle Lei se tenait toujours debout devant sa table sous la lumière blanche de la lampe. Il a levé la tête et s'est précipité à ma rencontre.

– Ma déesse ! J'ai cru que tu m'avais abandonné.

– Edmund a bombardé le collège avec son B 52 !

Il a ri, quelques gloussements brefs et méchants.

– Tu as une idée de ce qui se serait produit si une seule véritable bombe était tombée ?

– Mais ce sont de vraies bombes ! Edmund me l'a…

– Tu serais morte. Vous seriez tous morts !

– Il y a des blessés !

– Est-ce ma faute ? Qui lui a demandé d'apporter son avion là-bas ?

– Oncle Lei ! La police va savoir que c'est toi qui le lui as vendu. On va venir te chercher !

– Je ne crains absolument rien. Je n'ai rien vendu de dangereux à Edmund. Quelle sottise ! Des bombes ! Et quoi encore ?

– D'où viennent-elles alors ?

– Il peut avoir fabriqué lui-même des engins incendiaires ? Va savoir…

– Mais comment aurait-il appris à les faire ?

– Les apprentis sorciers courent les rues.

Un rire muet a secoué ses épaules. Des pensées confuses me remuaient : c'était là le secret entre lui et Edmund ? Voilà ce qu'ils faisaient le soir lorsqu'ils partaient ensemble après la fermeture du magasin ? Lei Tchang lui apprenait à fabriquer des… Je n'en possédais pas la première preuve. Et le miniaturiste avait l'air si calme, si sûr de ne pas être inquiété !

Je me suis assise à ma place habituelle, sur le tabouret. Mes jambes ne me soutenaient plus. J'aurais voulu savoir formuler la question, celle qui l'obligerait à avouer.

– Et qu'as-tu fait, pendant tout ce temps où tu n'es pas venue me voir ?

– Je suis restée avec Lil. Elle va très mal. Tom la menace.

– Elle n'a qu'à s'en occuper ! a glapi Lei Tchang de cette voix de tête que lui faisait toujours la colère.

Puis il s'est courbé au-dessus de sa table et a poursuivi son ouvrage. L'esprit vide, je l'ai vu coudre des vêtements de quelques centimètres pour en habiller une nouvelle figurine. Il l'avait enveloppée d'un drap de bain minuscule pour cacher sa nudité et l'avait allongée dans une sorte de transat. C'était la reproduction d'une jolie jeune fille alanguie, en vacances, prenant un bain de soleil. Un sourire flottait sur ses lèvres…

Je l'ai reconnu : le sourire de Lil.

A deux mains j'ai empoigné le tabouret pour ne pas tomber. Une colère glacée m'avait envahie. J'étais prête à tout pour savoir. Pendant de longues minutes j'ai regardé travailler Lei Tchang comme je l'avais fait maintes fois sans parler, sans bouger. Je m'obligeais à respirer régulièrement. La sueur roulait dans mon dos. Je ne pouvais rien pour cacher le sang qui brûlait mes joues. Lei Tchang a levé la tête, un rictus ironique aux lèvres.

– Tu as chaud, ma déesse ?

– Oui. C'est la lampe.

– Ah !

Le temps passait dans une lenteur étouffante. Parfois, l'effort pour assembler les mots qui composeraient la juste question, celle à laquelle il ne pourrait pas se dérober, m'obligeait à fermer les yeux. Et surtout, lorsque je serrais violemment les paupières au point de ne plus voir que des flèches lumineuses striant l'obscurité, le sourire volé à Lil et plaqué sur la bouche de la figurine s'effaçait.

La présence du vieil Asiatique m'électrisait. Lui semblait ne rien remarquer, concentré sur sa tâche. Pour la première fois de ma vie l'idée de bondir à la gorge d'un homme, de serrer mes deux mains autour de son cou jusqu'à ce qu'il tombe, inerte, m'a traversée. J'aurais donc pu tuer, si j'en avais eu la force et le courage ? Comme Lil ? Comme Edmund ? Je ne voulais pas y croire. Je chassais cette envie ignoble qui tournoyait dans ma tête en vrombissant comme une guêpe. Une pensée soudaine a paru inspirer Lei Tchang.

– Reste dans la boutique, Alicia. Je vais dans le cabinet de Barbe-Bleue. Si quelqu'un entre, tu lui dis que je reviens. Et surtout, ne laisse pas la boutique sans surveillance !

Je ne me suis pas retournée. J'ai entendu la clé entrer dans la serrure, le tintement des touches composant le code. J'ai attendu encore... Lorsque je me suis décidée à descendre du tabouret un fin rayon de lumière soulignait l'embrasure. Il avait laissé la porte entrouverte. J'ai flairé le piège mais la curiosité, le désir effréné de lui ravir son secret l'emportaient sur la terreur. J'étais maintenant prête à tout ; à me battre pour savoir ; pour Edmund, pour Lil ; pour moi, surtout.

Je me suis avancée à pas mesurés vers le fond du magasin. La porte s'est ouverte doucement, sans grincer, sous ma main.

D'abord éblouie par le blanc : murs, plafond et sol laqués, paillasses carrelées. Sur les murs, des photos punaisées : la guerre. Ciels chargés, maisons en ruine, corps allongés, soldats. Des miliciens qui posent en bombant le torse présentent sur des piques les têtes sanglantes de leurs ennemis. Des cadavres nus sont entassés, si nombreux qu'ils forment une colline contre les nuages de cendre.

Une seule photo est encadrée : celle, tellement agrandie qu'elle paraît occuper tout l'espace, d'une petite fille, la tête sur une pierre. Un filet de sang s'échappe de sa bouche. Ses cheveux drus et noirs se dressent sur son crâne comme si la vision qui l'a tuée l'épouvantait encore, après la mort.

Sur des étagères, dans des bocaux transparents,

des éclats vibrants. Certains colorés par une matière impalpable, bleue, verte, brune. D'autres parfaitement limpides mais agités de frissons invisibles. Sur la table carrelée où Lei Tchang manipule des cordons de couleur, dans un coffret de cristal, je reconnais immédiatement l'étincelle violette des yeux d'Edmund. Et là-bas dans les bocaux, ce sont donc d'autres sourires que celui de Lil, d'autres regards que celui d'Edmund que le miniaturiste a capturés.

Des morceaux d'une matière étrange, tissu vivant et transparent, à peine rosé, flottent dans de larges coupes remplies d'un liquide ambré. L'odeur... Le camphre... Le remède de la jeune femme... De la peau humaine...

Lei Tchang m'empoigne aux épaules. Sa main autrefois si douce est d'acier, ses ongles pénètrent ma chair. Je ne crie pas. Mes jambes s'effondrent. Il me maintient debout, mon visage à hauteur du sien.

– Ainsi tu voulais posséder quelque chose, toi aussi ! Tu étais aussi intéressée que les autres ! Pire même : tu voulais me voler mon secret ! Eh bien tu vas savoir, mais il faudra payer.

J'essaie de me débattre. Je crie faiblement :

– Non ! non ! je ne veux rien !

– Tu mens !

Je mens… Nous mentons tous depuis qu'il nous a pris dans ses filets. Je répète :

– Pourquoi ? Pourquoi ? Pourquoi ?

– Tu verras, ça ne fait pas mal… Toi tu n'auras pas mal… Tu as vu la petite fille sur la photo ? C'était ma petite-fille. On me l'a prise. Pourquoi ? On me l'a tuée. Pourquoi ? Pour posséder un coin de terre, notre coin de terre, notre misérable village infesté de moustiques ! Des millions de morts pour ce pays gris, pourri par les moussons et les bactéries… L'enfer vert ! C'est là ! Mais entre les cabanes de planches et de bambous jouait ma petite-fille si jolie, ma petite-fille si vivante, la vie même… Ma petite-fille si curieuse qu'elle a voulu les voir de près, les avions qui larguaient la mort…

Un sanglot sec claque dans sa gorge et l'empêche de poursuivre. Mais il ne pleure pas. C'est un homme sans larmes. Dans ses yeux il y a une lumière que je ne connais pas, que je n'ai pas revue depuis, dont même la violence d'Edmund n'était qu'une approximation.

– La guerre appelle la guerre, Alicia… Le meurtre appelle la vengeance. Qui a voulu posséder sera possédé… Mais je ne te tuerai pas par… par…

Il me regarde comme au premier jour, avec dans les yeux cet émerveillement qui me soulève et me ferait pleurer. Je crois qu'il va dire « Par amour ». Je pense que c'est par amour qu'il renonce à me tuer. Son regard se fige et se durcit. Il jette :

– ... par dégoût.

Malgré la terreur, le mot me blesse. Il l'a dit à propos de Lil, aussi. Mais qu'ai-je fait, moi, pour mériter cette insulte ? Il continue comme si, dans mes yeux qu'il scrute avec une attention insupportable, il avait lu ma question.

– Tu es comme les autres, Alicia. Comme Lil, comme Edmund, prête à tout pour posséder, pour tenir entre tes mains, pour exercer ton pouvoir et asservir. Tu peux mentir et tuer pour y arriver. Tu vendrais ton âme.

Je me débats brusquement, me contorsionne entre ses doigts glacés. Une panique épouvantable me revient de ces contes où diables et magiciens volent les âmes pour les vendre. Je voudrais crier, appeler au secours. Lei Tchang ne bouge pas. Mes mouvements désordonnés ne l'affectent même pas comme s'il était une machine sans émotion, un piège de fer qui m'emprisonne.

– Ne crains rien ! Tu ne l'as plus, ton âme, Alicia ! Tu l'as tuée toi-même. Tu es devenue comme les autres, menteuse et calculatrice. Tu raisonnes mais tu ne sens plus rien.

– Qu'est-ce que tu veux alors ?

– Peu de chose. La matière ternit moins vite que l'esprit. Il ne reste de ta belle âme que l'éclat de ton teint, comme il ne restait à Edmund que l'éclat de ses yeux et à Lil celui de son sourire. Votre chair conserve l'éclat de votre vie encore jeune, bien que vous soyez au-dedans déjà vieux et abîmés.

– Tu mens ! Tu ne peux pas le prendre, l'éclat !

– Pourtant tu l'as vu toi-même, dans les bocaux. Et l'opération est si simple…

– Tu mens ! C'est impossible ! Dis-moi comment !

– Tu veux tout savoir ! Tu es pire que les deux autres. Même la peur ne te fait pas perdre la tête. Savoir ! Savoir ! Pouvoir ! C'est le pouvoir que tu veux, toi ! Eh bien, je vais t'expliquer. Tu as déjà vu un aimant ? Tu présentes une plume à l'aimant, elle tombe. Tu lui présentes un clou, il l'attire. Les yeux et les lèvres sont des aimants. Tu as entendu parler du magnétisme d'un sourire, d'un regard… Des forces invisibles. Il suffit de trouver à quelle matière ils réagissent, comme pour l'aimant ordinaire le métal, et de fabriquer un aimant plus fort qu'eux… Pas un seul ne résiste.

Je ne reconnais plus le visage familier de Lei Tchang. C'est un être froid qui m'immobilise entre ses crocs d'acier. Il n'est plus que haine. Je crie pour percer le brouillard qui m'enveloppe et m'étouffe :

– Pourquoi moi ?

Sa voix me parvient cotonneuse et lointaine.

– La vengeance est aveugle. Laisse-toi faire, tu verras... Ça ne te fera pas mal...

Chapitre neuf

J'ai repris conscience dans mon lit. Un matin comme les autres pointait son nez blafard entre les rideaux. Je me suis levée. Un pansement de petite taille était collé sur ma joue, je l'ai retiré. L'oncle Lei y avait découpé, pour la cultiver dans ses coupes sur le liquide doré et en habiller le corps de ses figurines, un morceau de ma peau. La cicatrice je l'ai encore, je l'aurai jusqu'à ma mort. Une cicatrice dont la forme rappelle, lorsqu'on y prête attention, celle d'un cœur.

Le soir même je suis passée devant la boutique. Le rideau métallique était baissé. Il ne s'est plus jamais relevé.

Je serais incapable de vous raconter les mois qui ont suivi. Je travaillais, je pense, comme une mécanique parfaitement rodée aux obligations scolaires. Je raisonnais avec une précision qui enchantait mes professeurs. Leurs compliments me laissaient froide, et de même l'absence d'Edmund et de Lil m'était indifférente. Pendant quelques semaines après « l'incident » comme le nommait pudiquement le directeur, on m'a demandé de leurs nouvelles. On s'étonnait qu'ils ne m'écrivent pas, que je ne m'en inquiète pas. J'écarquillais les yeux, sincèrement stupéfaite : en quoi était-il important qu'ils vivent ici ou là ? Je me replongeais dans mes livres sans un frémissement. Je parlais peu. Le vide s'est fait autour de moi sans que je m'en aperçoive. D'ailleurs je m'en fichais.

Une rumeur du quartier m'a bientôt appris qu'Edmund avait été envoyé en pension quelque part dans le Sussex et que Lil se trouvait en maison de repos. En jetant Tom dans la benne des éboueurs elle s'était précipitée d'un même geste dans la folie. Elle avait voulu croire que la figurine n'était qu'une poupée, comme Edmund s'était persuadé que son B 52 n'était qu'une miniature. Elle ne pouvait ni avouer son meurtre ni en demander pardon. Je n'en ai pas détenu, à cette époque, la preuve. Une intuition puissante me suffisait. On m'a dit plus tard qu'elle n'avait jamais quitté l'hôpital. Mais les informations qui me sont parvenues sont peut-être fausses, je ne les ai pas vérifiées. Je ne leur ai jamais écrit, ni à l'un ni à l'autre. Ils ne m'ont, de leur côté, pas adressé le moindre message.

J'ai profité d'échanges internationaux organisés entre des collèges pour venir en France. J'y ai accompli la fin de ma scolarité, vivotant par la suite de traductions et de cours particuliers. Je crois pouvoir dire que j'étais, pendant ces années-là, parfaitement vide. Mon corps s'agitait, accomplissait les gestes quotidiens, avalait la nourriture, la digérait, mes mains le lavaient.

Mes employeurs me félicitaient pour ma ponctualité, la régularité constante de mon travail, la justesse de mes traductions.

– Mais c'est étrange, m'a dit un jour l'un d'eux. Il n'y a pas d'âme dans vos textes.

– Que voulez-vous dire ?

– Ça ne vibre pas. On ne sent rien…

J'ai remonté un boulevard et suis entrée dans ce grand parc du Luxembourg où les enfants et leurs mères semblent avoir élu domicile. Je me suis assise sur une chaise près du bassin. Des bateaux glissaient sur la surface à peine ridée par le vent.

Un homme qui semblait déplacé en cet endroit si gai, avec son costume sombre de coupe classique, sa démarche raide, s'est avancé près de la margelle. Il contemplait lui aussi le manège des enfants repoussant loin de la bordure en tuffeau leurs voiliers, à l'aide d'un bâton.

Nos regards se sont croisés, d'un bord à l'autre du bassin. Je l'ai reconnu. Ces yeux si pâles, ce bleu délavé, presque blanc...

– Edmund !

– Alicia !

Ni l'un ni l'autre nous n'avons bougé. Nous sommes restés longtemps, debout face à face et séparés par la largeur du bassin, à nous retrouver simplement, à apprivoiser nos traits si changés. Des rides compliquaient les expressions de son visage. Des cheveux blancs avaient prématurément argenté ses tempes. Je ne sais qui, le premier, a amorcé le mouvement d'aller vers l'autre ; qui le premier a pris dans sa main celle de l'autre.

Nous nous touchions avec d'infinies précautions, hantés par le souvenir du miniaturiste et la certitude qu'un geste de possession nous perdrait, que notre amour devait rester pur de tout désir de capter, de tenir l'autre sous sa coupe.

Nous avons fait le tour de la pièce d'eau puis du parc, nous éloignant ainsi, prudemment, du lieu de nos retrouvailles.

Edmund avait embrassé la profession de magistrat, préférant la force du droit à celle de la sauvagerie. Mais ce que nous faisions l'un et l'autre pour gagner notre vie importait peu.

Nous passions de longues heures à nous regarder. Je m'émerveillais de ses gestes délicats, de son sourire. Nous avions déniché un minuscule appartement sous les toits où nous avons l'un et l'autre apporté notre maigre balluchon. Nos biens logeaient dans une valise. Quelques livres, quelques vêtements, l'essentiel. Le respect mutuel auquel notre histoire nous condamnait nous rendait forts. Nous ne nous sommes jamais fait de serments, assurés que seule la mort maintenant pourrait nous séparer, et convaincus du peu de poids des paroles humaines.

Le matin je m'éveillais toujours tôt – la nuit et moi n'avons jamais fait bon ménage. Je contemplais Edmund endormi, son abandon délicieux dans le sommeil, la vibration infime de ses cils lorsque des rêves l'agitaient. J'attendais avec impatience qu'il ouvre les paupières pour saisir, dans son premier regard, le bonheur étonné de me trouver encore à son côté.

Je me souviens, c'était un dimanche. Un rayon de soleil timide battait comme une veine sur le parquet, près du lit. Edmund s'est étiré, m'a contemplée en souriant. Je me suis alors aperçue que ses yeux avaient retrouvé leur couleur, que le bleu était revenu dans l'iris et qu'y palpitaient à nouveau les flammèches mauves de l'émotion. Quand je le lui ai fait remarquer il a seulement dit :

– C'est l'amour, qui rend à la vie son éclat.

Edmund est un homme pudique.

Plus tard, lorsque nous sommes allés vivre dans le sud de la France, au milieu des collines, le chat s'est installé chez nous et nous l'avons laissé faire. Pourtant, je l'ai dit, il volait la nourriture et considérait la maison comme sa propriété personnelle. Mais c'était un chat, pas un être humain. Et les chats quoi qu'on prétende n'ont pas d'âme.

Nous n'avons jamais cherché à savoir d'où il venait ni où il allait lorsqu'il s'absentait. Peut-être y avait-il dans les parages une autre maison où il s'invitait. Il était, comme nous, libre de ses mouvements et l'idée de le contraindre au rôle de matou repu et avachi sur une chaise ne nous serait pas venue.

Edmund ne sait pas encore qu'on l'a assassiné. Il est parti pour quelques jours à Paris. Je vais devoir lui annoncer la nouvelle. Je sais que la mort tragique de ce chat entre les montants d'une carriole, sous le fouet d'enfants qui s'étaient mis en tête de l'asservir, lui rappellera violemment ce temps où le délire de la possession nous a menés aux limites de nous-mêmes. Peut-être évoquerons-nous le souvenir de Lei Tchang. Ce n'est pas sûr. Nous n'en avons jamais reparlé.

Peut-être resterons-nous au coin du feu, silencieux et pensifs. Un simple geste de la main, un seul soupir ou même le chuintement de la sève jaillissant des bûches en diront assez.

VIRGINIE LOU

L'AUTEUR

Virginie Lou est née, par le hasard du tourisme, à Cuba, en 1954. Après des études de lettres, de linguistique et de philosophie, elle a exercé divers métiers, dont celui de professeur de lettres. Outre des romans destinés aux adultes (*L'Œil du barbare*, *Éloge de la lumière au temps des dinosaures*, aux éditions Actes Sud), Virginie Lou écrit principalement pour la jeunesse : *Je ne suis pas un singe* (Syros), couronné par le prix Polar en 1989, *Marguerite et la métaphysique* (Actes Sud Junior), *Marguerite et la politique* (Actes Sud Junior), la série des *Pacom*, en collaboration avec Joseph Périgot (Fayard) et chez Gallimard Jeunesse, *La Vie en rose*, publié dans la collection Page Blanche, et *Un papillon dans la peau*, publié dans la collection Scripto.

Loi n°49-956 du 16 juillet 1949
sur les publications destinées à la jeunesse
ISBN 2-07-053938-5
Numéro d'édition : 10713
Numéro d'impression : 60183
Dépôt légal : septembre 2002
Imprimé en France sur les presses
de la Société Nouvelle Firmin-Didot